全面

千 翼 著

南京出版传媒集团
南京出版社

图书在版编目(CIP)数据

金面 / 千翼著. --南京 ：南京出版社，2024.4
ISBN 978-7-5533-4380-8

Ⅰ. ①金… Ⅱ. ①千… Ⅲ. ①长篇小说-中国-当代
Ⅳ. ①I247.5

中国国家版本馆 CIP 数据核字(2023)第 181388 号

书　　名 金　面
作　　者 千　翼
出版发行 南京出版传媒集团
南　京　出　版　社
社址：南京市太平门街 53 号　　邮编：210016
网址：http://www.njcbs.cn　　电子信箱：njcbs1988@163.com
联系电话：025-83283893、83283864(营销)　　025-83112257(编务)

出 版 人 项晓宁
出 品 人 卢海鸣
责任编辑 赵　菁
装帧设计 牯岭路画廊
责任印制 杨福彬

排　　版 南京布克文化发展有限公司
印　　刷 南京鸿图印务有限公司
开　　本 880 毫米×1230 毫米　1/32
印　　张 8.125
字　　数 160 千
版　　次 2024 年 4 月第 1 版
印　　次 2024 年 4 月第 1 次印刷
书　　号 ISBN 978-7-5533-4380-8
定　　价 49.90 元

前言

回望过去，爱、阅读和信仰如同我生命之河上空三颗明亮的星子，赋予我生命的能量。爱带给我坚定的信念和无穷的力量。阅读让我拥有独立的思想和正确的三观。而信仰，它就像一个凌驾于我生命之上的高高的审判台，让我始终心怀敬畏。不管我走到哪里，走多远，它们始终在那里，提醒着我善待他人，善待生命，善待世界。也正因如此，我始终坚守内心秩序，没有在这场厮杀中屈服于丑恶的人性，也没有被扭曲成他们想要的模样。

目录

第一章

婚姻

他们用尽手段将我的成果夺走，制成金面贴在脸上，向众人炫耀着，接受着众人的顶礼膜拜。

他用欲望造就了一座极恶之城。在这座城内，正义被扭曲，善良被践踏，恶主宰着一切。善良的人们也曾抗争过，但最终还是被巨大的恶意侵蚀，变成欲望的傀儡，忘记了自己的模样。

在这座城，所有的“爱”与“善”都会被众人诅咒，并焚烧成灰，他们用灰烬种出迷惑世人的鲜花，掩盖着所有罪恶。欲望无限地膨胀，而恶意的触角无限地向城外延伸。

我曾经逃离了这座邪恶之城，但我还是没能逃离那份如影随形的邪恶，它就像无孔不入的恶灵，纠缠着，追逐着，不死不休。当我最终决定去面对这份邪恶，并与之斗争时，我做了很长时间的停顿。因为我需要极大勇气，去进入那段曾经将我的爱燃烧成灰烬的十年人生。

当我鼓足勇气回头，看着那些熟悉的人们扭曲的面孔，心中百感交集，我还记得他们曾经善良时的模样。他们曾是我的“亲人”，亦是亲手将我推入人间炼狱的人。如今再去忆起曾经如镜花水月般的美好，终究是带了“天长地久有时尽，此恨绵绵无绝期”的几分嗟叹，几分遗憾，几分唏嘘。

而这一切的发生，要从我嫁入这个章姓家族开始说起。

人生有时候就是这么不可捉摸，我想要的只是一场平凡的婚姻，一个可以相守一生的人，但命运将我推向了一条我从未设想过的道路，将我卷入了一场暗流汹涌的百年字号的商标之战。在这场风暴中，为了护一家老小周全，给他们一个安稳的未来，我用尽了毕生所学,倾尽了全部心血，在各方势力中周旋。当我赢了所有的敌人，转身之时，却发现，我眼中所有的敌人不过是商场之上的竞争对手，真正的敌人却是我护在身后的，我最亲爱的“家人”们。他们利用亲情为我设下了巨大的陷阱，将我活生生地推入了九死一生的地狱之门。这一切，都是为了抢夺我手中的巨大利益。

如今，那些面孔已经模糊，但那些伤害，却如同鳞次栉比的巨石，它们泛着冰冷的光，脉络清晰地罗列在我的生命之河之上，让我无法忽视，亦无法忘却。

我叫苏蓁，出生在苏中一个有着一千多年历史的古城边的小镇上。古镇就像是一个独立于天地间的存在，虽然离古城很近，但在生活习俗上，和在古城生活的人们有着天差地别。古镇上的人们大多信奉佛教，镇上的每一场祭祀，婚丧嫁娶，都有着古老而烦琐的程序。同时，受佛教和传统礼仪的影响，这里民风淳朴，人们大多勤劳善良，谦虚而又平和。

我的家庭和镇上大多数的家庭一样，是一个信奉佛教的传统家庭，而我从小便接受着传统的教育。这种传统的教育不只局限于家庭成员之间，古镇上的任何一个人都可能是你的老师，他们会在你犯错的时候，予以纠正。他们会告诉你，做事需“心中有尺，行为有度”，对人需“严于律己，宽以待人”，用物需“物尽其用”，他们告诉我勤劳和智慧能创造一切。总之，中国的传统文化，在这里被保留得极好。虽然小时候觉得这些规矩，这些碎碎念让人很烦，但也没耽误我长成了一个思想极为传统的人。从古镇走出来的人们，似乎都有一个高高的审判台在注视着我们，让我们心生敬畏，不敢逾越。

这座有着一千多年历史的古镇，保留下来的，除了古老的习俗之外，还有陈旧的思想。镇上但凡一个家庭的后代中没有生出男丁，就会有人背后“嚼舌根”，有“灭门绝户”之说。这是已经根植在古镇人们的生命中，就连佛法也无法感化的，根深蒂固的陈旧思想。它随着古镇生命的更迭，代代延续，从未改变或被遗忘。我的爷爷虽然是党员，但党也没能成功改变他的思想。因此，在爷爷对父亲的一再要求下，我七岁那年，有了弟弟。而我的生活因为弟弟的到来，发生了翻天覆地的变化。

弟弟出生那年是 1989 年，那时候国家正严格执行着计划生育。母亲瞒着我，躲在姨妈家中生下弟弟。母亲将他突然带回家的时候，我美好的世界彻底破碎。伴随着弟弟的到来，父母开始对我冷落。在此之前，我的爷爷、父亲、母亲都有着不错的工作，家庭虽谈不上富有，但也属于小康之家。可以说，七岁之前，我是家里的“公主”，七岁之后，我成了“灰姑娘”。

心理学中，五岁前的儿童已经形成了一套完整而牢固的行为模式，这使得他们能够使用他们自己的方式来应对问题和完成任务。同时，他们已经形成了个人的、恒定的、根深蒂固的概念，知道能对自身和世界期待什么。

可以说，七岁这年父母态度的转变，将我原本的世界观彻底打碎。这样的破碎，总是能让人铭记一生。那种无助和恐惧让我感觉自己像一叶扁舟，被家人亲手放进了茫茫的大海，不知道会被风吹向何方。从那时候起，我总习惯在睡觉的时候抓住一样东西，就像抓住一根连接着海岸的绳子。似乎只有这样，我才不会被风吹远。唯一让我庆幸的是，奶奶并没有因为弟弟的到来，而对我的爱有半分减少。她始终如一地爱护着我，这让我受到伤害的心灵得到了些许安慰。后来，随着影响着我整个人生的两个人，表姐林馨儿，还有西米的出现，我的破碎被修复，她们用爱填补了我生命中的空白。

受童年这段经历的影响，我对“家”这个字，充满着无限的向往。而在我长大成人的过程中，家里的长辈们，我的父母，叔叔婶婶，都有着让世人羡慕的感情。他们教科书般的感情生活，赋予了我强大的自信，也给了我满心的期待。因此，在我还没长大的时候，我就已经开始幻想着“家”的样子，我的梦想就是经营一个幸福的，属于自己的家。一个我七岁之前的那个完美的家。一个夫妻恩爱，并且会从始至终爱着自己孩子们的“家”。

释迦牟尼曾说：“执一念，将受困于一念。”正是因为这个执念，导致我草率地进入了婚姻，走向了一条偏离了人生轨迹的道路。

我二十六岁这一年，在一次聚餐中，我认识了我的先生章凡。那一年他三十一岁，身材高挑，脸庞帅气，从外形上来说满足了我对“丈夫”的所有想象。巧的是，那一年，他正在经历家人的催婚，而我也已经在考虑婚姻。在朋友的撮合下，我们在相识三个月之后，准备结婚。没有以物质为前提的婚姻，就是这么简单。

当我把这个消息告诉所有人的时候，和我感情最好的表姐林馨儿还有好友西米都已经移民，表姐正在孕育她的第一个孩子，西米正在忙得昏天黑地地写她的论文。两人一致反对，因为这实在太仓促了。她们说婚姻是人生大事，让我慎重考虑，为了劝说我，她们甚至套用了古城里流传的一句话，婚姻就是女人第二次投胎，得擦亮眼睛，思虑周全。但对于正被爱情冲昏头脑，中毒颇深的我来说，所有人的反对在我眼中都是无效的，我已经迫不及待地想把想象中的家描绘出来。

在踏入婚礼大门前，我是懵懂的。虽然带着几分期待，几分迷惘，几分忐忑，但我的内心是无比的坚定。那时候的我对婚姻有着无比的自信，在我眼中，所有的婚姻都会像父亲母亲、叔叔婶婶他们那样，夫唱妇随，彼此陪伴，日出而作，日落而息，在细水长流中，待你温柔如初，守你岁月依旧。那时候能够守一人生儿育女，平平淡淡到老，是我毕生所愿。

结婚之后，受传统教育的影响，相夫教子的观念一直根植在我的心中，我也明白人生中每一阶段，事情的主次和取舍。所以结婚后，我把丈夫和家庭作为生活的重心，疏远了经常相聚的朋友，并在怀孕后辞去了工作，彻底以家庭为中心。

因为认识的时间很短就结婚，我对章凡并没有很深的了解，只是在结婚前夕偶尔在朋友们的玩笑中得知，他很爱喝酒，而且之前谈了很多的女朋友，有南航空姐、漂亮歌手、某局长女儿等。虽然听上去很不靠谱，但我觉得不管他以前怎么样，既然两个人在一起，就应该不计前嫌，重新开始，就像是一张崭新的白纸，可以去用心描绘新的蓝图。那时候的我天真地以为，只要自己做得够好，够努力，生活就会像我想象的那样幸福。就像在《伟大的孤独》中，蕾妮的母亲珂拉面对患有战后应激心理障碍的丈夫时，珂拉相信能用自己的爱治愈丈夫一样。

开始，我和珂拉拥有着同样的自信。

和大多数的女生一样，我的心里也有着一个充满象征主义色彩的罗曼蒂克梦，我对生活满怀着诗意的想象。在我的想象或者说是期待中，丈夫会是那个在繁星满天的夜晚，一起牵手去山顶看星星的人；会是在春花烂漫时，一起去看多彩人间的人；会是能把我所想象的，或者是经历过的所有美好分享的人。“丈夫”这个词在我心里，代表着“家”，也代表了无条件的信任。

但事实是，结婚后，他总是在忙碌，忙着打理家里的生意，忙着处理亲戚们的琐事，忙着和朋友们打牌、喝酒、吃饭。他忙着给朋友过生日、忙着给朋友老婆过生日、忙着给朋友孩子过生日，似乎有过不完的生日，赴不完的饭局。而我也无奈地接受了这一切。那时候，我想或许这就是理想和现实的差距吧！

时光如水，暮去朝来。

在绵长的日子中，年华仿佛成了一台高效的鉴别仪，而时间则是最优秀的筛选器。它筛去了所有幻想和浮华，把隐藏在水表之下的最真实面孔，展现在我的眼前。

人们总说："人生无常，世事难料。"但我没想到的是，有一种无常叫作命运，还有一种无常叫作"人祸"。

变化，是从我怀孕七个多月时开始的。我发现章凡开始酗酒。虽然结婚的时候，从别人的口中，我知道了章凡有喝酒这个爱好，只是并没有坏到令人担忧的程度。但他现在晚上大多数时间都是在外喝酒，深更半夜才回家，白天则是毫无顾忌地躺在床上睡觉。而我怀孕的时候，我们的房子正在装修，很多的材料需要购买。醉酒让他总是无法配合工人及时购买材料，公公一直在代他购买。

矛盾终于爆发，那一天两名工人等着装锁，而章凡并没有及时购买材料。在工人打不通章凡电话的情况下，只能打电话给公公。公公发现他醉酒趴在家睡觉后，气得拂袖而去。

很多中国家庭都有一个观念，那就是不管他们的儿子结婚前被惯出多少毛病，从结婚的那天起，丈夫的一切错误，媳妇都要去承担。就好像一纸婚书是一纸录取通知书，而媳妇就是那个不管是什么样的学生都得负责到底的班主任。

公公拂袖而去，丈夫醉酒不起，可是事情还是得做。因为车被送去维修，我冒雨挺着大肚子打车去了装饰城。而当我提着满满两大提门锁和配件回去的时候，我已经无力为自己打伞。笨重的身子和沉重的零件，让我不得不走几步就休息一下。当被雨水浇透的我把东西送给工人回到家的时候，章凡还是在呼呼大睡，屋子里飘散着浓浓的酒气，看着这个沉睡的男人，我第一次感到了失望。但令我没想到的是，这一切只是开始。

如果说这一次失望是因为他醉酒，我可以去原谅，那么接下来发生的事，则让我彻底看清了他的疯狂和残忍。在我怀孕八个多月的时候，一次朋友聚会结束后，章凡喝醉了，他醉到将朋友送的一篮土鸡蛋甩来甩去，鸡蛋液流了一地。醉成这样的他非要自己开车，无论我怎么劝说都没有用。

他把我拖进车里后，将车开了出去，我全程都是无比紧张的状态，紧盯着路上的行人，不断提醒着他。也许是觉得我很烦，他在开到一个大转盘的时候，突然将车停在路中间，并将车上的钥匙拔出来，把它从副驾驶的位置扔到了路边。这是一个中间种满高大树木的转盘，后面来车如果速度快一些的话极其容易撞上我们的车。在紧张和恐惧的驱使之下，我不得不打开车门，拖着笨重的身子去路边捡钥匙。

彼时已经接近午夜，空旷的路上几乎没有行人，虽然有路灯，但是黑夜还是让我觉得有些紧张。当我把钥匙捡回来，慢慢爬上座位，把钥匙交给他的时候，他又面无表情地把钥匙扔了出去。看着抛出去的钥匙，我的内心是绝望的，我看着面前这个有着帅气皮囊的野兽，内心犹如夜色下的黑幕那般荒凉。我不得不又艰难地走下去捡钥匙，就在我捡回来，好不容易爬上座位坐好的时候，我忽然发现一辆警车突然悄无声息地并排停在了我们车的旁边，车内两个穿着警服的警察，歪着脑袋用疑惑的表情看着我们。章凡看到警察，吓了一跳，立刻赔上笑脸说道："不好意思，车子熄火了，马上走。"说完没等警察回话，章凡火速把车开了出去。看着面前无比清醒的丈夫，我的心中充满了疑惑与愤怒，原来他是清醒的。

此时，我们距离家已经很近了，只要穿过一条狭窄的，两边布满小吃店的巷子就能到家了。想到这，我的内心稍微放松了。但我没想到的是，接下来发生的一切，因为过于疯狂，让我直到现在回想起来都心有余悸。

当车子到巷子口的时候，章凡用一种轻狂的眼神看了我一眼，我心里顿时有种不祥的预感。突然他开始猛踩油门，车在狭小的巷子中，飞速地向前开去，我惊叫着看着两边的商铺飞速从窗口掠过，巨大的恐惧让我一手抓住扶手，一手本能地捂住了肚子，最终当车子带着巨大的刹车声在家门口停下时，我已经被吓得两腿发抖，并且肚子隐隐作痛。我心知不妙，极力稳下心神，开始深呼吸，尽量让自己的情绪恢复稳定，但急着上楼的章凡并没有给我时间，而是将我从副驾驶给拖了下来。

那天晚上，我是扶着楼梯，一步步挪着上楼的。巨大的打击，让我对婚姻，对这个被我称之为“丈夫”的人，充满了恐惧和怀疑。那晚我所遭受的一切，直到现在都犹如噩梦一样在我心头萦绕。

女儿出生后，他除了偶尔的陪伴，大多数时间，他都不在家。我结婚后的日子，因为章凡的不作为而造成的磕磕绊绊，外加上孩子和家务，让我根本没有办法挤出时间去打扮自己。通常一条牛仔裤，一件简单的 T 恤，或者是一件朴素的毛衣，就是我的全部装扮。可恨的是，这成了章凡嘲笑、鄙视我的借口。他总是在需要带孩子出门的时候，早早地把自己收拾好，然后一脸不耐烦地站在门口，看着我给孩子换衣服，准备孩子物品。在他烦躁的催促下，我只能慌慌张张地给自己梳个头。通常这个时候章凡不会放过对我的讽刺挖苦，“没有品位”“邋遢”“动作慢”。他的眼神告诉我，我站在他旁边简直就是在丢他脸。看着这个毫无责任感，自负自大的男人，我真的很想把我结婚前的照片砸在他脸上，告诉他我曾经的样子。在他长年累月的催促和贬低下，我逐渐出现了心慌、心悸的感觉。我总是会觉得莫名的紧张，对自己也越来越不自信，那时候我还不懂，原来这个被叫作“焦虑症”。

这还不是最坏的，他总是不断地拿我和别人去比较，从而打压和嘲讽我。可是，他身边的朋友很不给力。有时他在桌上夸别人老婆好，有修养，不怎么说话，而不到半小时，他朋友的老婆就因为几句话，将一个啤酒瓶砸到了自己老公头上；他说别人老婆非常漂亮，会穿衣服，有品位，然而没多久这位女士被高利贷到处追债，闹得人人皆知。感觉跟他结婚后，我从文艺片的片场直接穿越到了黑社会打架斗殴的片场。之后，他并没有长记性，反而变本加厉，这样的事情太多，反正他总有说辞。

当时我还没有学习心理学，不理解他为何这样行事。在章凡长期的打压下，我总是觉得自己很糟糕，认为自己很失败，心里充满了自卑和焦虑，一度出现了“失语症”的状况。当我和别人交流时，甚至都无法做出顺畅的表达，要知道我从小到大，都是别人眼中“伶牙俐齿”的那个人。

写到这，我做了两天的停顿，因为回忆会让我愤怒。我想奉劝那些未婚女性，古镇上的奶奶们说得没错：“女人的婚姻就是第二次投胎，你们得擦亮眼睛，再三思虑。因为不管你婚前有着什么样优越感，舒心的生活，只要婚后没有一个三观契合、志趣相投、珍惜你的人，你的人生就会开启悲惨模式。”就如同苏格拉底对男人们说的那句名言一样：“尽一切办法结婚吧，娶到好妻子让你幸福，娶到悍妇则让你变成哲学家。”这句话套用到女人身上大概是：“尽一切办法结婚吧，嫁到好男人让你幸福，嫁给一个糟糕的男人，则会让你变成你不想变成的任何模样。”

第二章

错乱

当初我愿意和章凡结婚，其实不只是看上他帅气的外表，还因为他生活在一个幸福美满的大家庭里。我刚开始接触他们时，他们和睦融洽的家庭氛围，深深打动了我。这样幸福的家庭，对我天然有着深深的吸引力。

章凡家是在二十多年前从A省农村过来N市经商，后来在此定居的。在我进这个家门之前，家中共有九口人：公公婆婆，以及两个已经成婚的大伯子、二伯子，两位嫂子都是N市本地人。大嫂幼年随父母下乡，在内蒙古长大。二嫂是土生土长的N市人。他们很早就有了自己的孩子，老大有一个女儿，老二有一个儿子，两个孩子同一年出生，快九岁了。四兄妹中，大姑子已经远嫁多年，很少回来。我嫁的是四兄妹中的老幺，和他们一起在N市定居。公公还有一个弟弟，我们称呼为二叔，两个妹妹，我们分别称呼为大姑、小姑。他们都分别组建了自己的家庭，二叔有一子一女，大姑有一子一女，小姑有一个女儿。婆婆那边也有一个哥哥定居在此，我们喊他舅爷，他育有一儿一女。这是一个大家族，家族成员之间走动频繁，关系非常和睦。

大姑子嫁出去后，夫家三兄弟一直没有分家，每天不管多忙，兄弟三人都会有一个人晚上回家陪父母吃饭，家中大事小事，也都会和父母商量。兄弟三人都极其孝顺，这样的家庭现在是极少见的。他们一大家子在闹市区经营着一家面积不小的饭店，平时老大在店里时间多些，老二也在店里帮忙，丈夫一直跟着他二叔做装修工程，没有工程的时候都会去店里帮忙。为了方便一起生活，他们把房子都买到了同一个区域，相互之间走路五分钟就能到。婆婆和公公平时跟着老大章东源住，他们老两口感情很好，几乎每天都一起买菜，然后给大家做饭，我们晚辈很少有机会能插得上手。平时一大家子吃饭，就跟吃流水席似的，先到的就先吃，吃完没事就围坐在一起说笑，有事就先走，热热闹闹的。

结婚后，和我最亲近的是大嫂秦园还有大姑家的女儿房玥。也许是从小在内蒙古长大的缘故，大嫂她身上有一种女汉子的气质，人也很质朴，平时总是大大咧咧的，说话爽快，从不藏着掖着，和我的性格很是合拍，所以闲暇时候，我们总会一起逛、溜达。看得出来她很爱自己的丈夫，逛街的时候，买的东西十有八九都是要送给自己丈夫的，要不就是送给女儿的。她自己倒是很少买，平时花钱也很节俭，是个很会过日子的人。房玥比我小 11 岁，性格开朗，嗓门特别大，很孝顺，也很善良。她特别爱笑，有她在的地方，总能听到爽朗的笑声。她总喜欢跟我说章凡一家的过往，在她断断续续的描述中，我对夫家的过去有了一些了解，也明白了他们三兄弟非常孝顺的原因。

在他们搬来 N 市之前，因为家中男丁众多，兄弟三个又都在念书，所以多年来他们家一直是村子里最穷的一家。公公的父亲育有三子两女，公公成婚后没多久就被分了家。说是分家，其实也没分到什么，就分到了一块宅基地，经济不宽裕的公公婆婆在上面盖了座草房子。兄妹四人出生后，一家人就挤在一座不大的草房子里，偶尔不受父亲待见的二叔章家瑞，跟他的父亲吵架后也会来挤挤。人们常说“长嫂如母”，婆婆和公公本身就宅心仁厚，再加上二叔也就长老大章东源五岁，很大程度上婆婆把他当成自己的孩子，所以二叔一直和他们关系很好。那时候一大家子的口粮和收入，都指望着家中的几亩薄田，地里种的粮食勉强够糊口，夏天种西瓜才能卖点钱，除此之外也没有额外的收入。公公婆婆年幼时本身就出生于贫瘠之地，再加上经历了 60 年代的大饥荒，家中也都不富庶，两口子结婚前就没过过什么好日子，结婚后家中更是年年欠着外债。可以说一大家子的日子过得磕磕巴巴，也经常被人瞧不起，冷言冷语没少听，脸色没少看。不过，虽然家里穷，一大家子倒是过得和和美美，兄妹四人也都很体谅父母，有什么活都抢着干，这也是公公婆婆觉得欣慰的地方。

有时候一个人的觉醒，能改变一家人，甚至是一群人的命运。

眼看家中的孩子们一个个就快长大成人，家中还有一个游手好闲，到处转悠惹事的小叔子。看着眼前家徒四壁的家，婆婆觉得不能再这么坐以待毙，她再三思虑后决定到N市去找自己的哥哥，准备去求他，让他把已经成人的小叔子，和已经高中毕业的大儿子送出去谋个出路。

婆婆到N市后，她哥哥告诉她目前只能为一个人安排工作，另一个要等到第二年。她回家后，经过了激烈的思想斗争，再三斟酌后，决定把年龄稍长的小叔子先送出去。如果这是场赌局的话，她赌对了，小叔子虽然在家的时候吊儿郎当，出去后倒是把自己的聪明才智发挥得淋漓尽致。小叔子跟着师傅学做工程，并且很快能独当一面，没两年就自己成立了公司。他没有忘本，2005年前后，他便把哥嫂还有已经高中毕业的老二章东远接了出来，带领着一大家子在N市的主城区盘了一个店面做土菜。土菜馆的附近有很多机关单位，因为口味好，一开业便火爆，通常是一桌难求，为了能抢上桌子，不少单位都提前充值。他们很快便在N市买了两套房子，一家人算是在N市站稳了脚跟。

后来，他们又把被扔在老家没人管教，初中便开始呼朋唤友喝酒的老三接了过来。没错，这个老三便是我的丈夫章凡。也许是为了弥补把老三一个人丢在老家的愧疚，一家人对老三是有求必应，要什么给什么，任由他吃喝玩乐。他们的所作所为也为我的婚姻悲剧埋下了伏笔。这天下的道理都是相通的，被宠坏的孩子其实德行都差不多。在家的时候有父母和两个哥哥压着，所以章凡才不敢多嚣张，但结婚后就不一样了。

苦难让人变得团结，这句话在这个大家庭中尤为明显。

作为对家庭贡献最大的人——婆婆，是这个家庭的核心。她虽然识字不多，却生性要强，有着一颗七窍玲珑心，看事情非常透彻，性格也很豪爽果断。从老家过来开第一个店面的时候，财务大权就掌握在婆婆手里。我嫁入章家的时候，她也是章家的“当家人”。平时一家人走路，婆婆永远走在最前面。公公老实憨厚，总是笑眯眯的，平时在家不管事，用他自己的话来说就是“家里大事不让我管，小事我懒得管”。因为大姑子嫁得远，极少回来，所以见面不多。兄弟三人中，老大给人的感觉很温和，他脸上总是挂着笑，平时跟父母，还有兄弟之间话很多，跟我们妯娌两个话倒不是很多。老二给人的印象和老大差不多，只是看上去更老实一些，总是笑眯眯的。在这个家中，媳妇们都没有什么地位，更没有话语权，基本上是生活在这个家庭里的最底层。在我进这个家门前，大嫂和二嫂之间也是摩擦不断，关系一直不太好，这导致了她们的两个孩子关系也不好，两孩子见面就吵。其实撇开两妯娌不谈，单独去看这两个孩子，都是很好的孩子。老大的女儿章子馨，聪明伶俐，脑袋瓜儿很灵活。老二家的孩子性格忠厚老实，学习也很用功。

在了解到章凡家的过往后，我对公公婆婆多了一丝心疼，也对他们多了一丝理解和尊敬。我已经在心里默默地把他们当作自己的亲生父母。

我努力地经营着自己的家，对公婆尽了应有的孝道，对两位大伯子也是尊敬有加，和家族中的亲戚们也有着良好的互动。虽然章凡百般作恶，但在夫家人面前，我从来不提章凡的不是，一来是因为公婆年纪大了，说了只会徒增他们的烦恼，二来是不想让自己成为别人口中的笑柄。有时候想想，虽然章凡不靠谱，但还有这一家子人，也不算坏。

那时候，在我的眼中，这是一个充满温情的大家庭，他们勤劳，性格温和，平时家中总是充满欢声笑语。如今回想那个场景，却像是蒙着黑纱的梦境一般，异常的模糊，也异常的痛心。

孩子渐渐长大，我一个人带着她感到越来越吃力。婆婆便决定把她老家的一个远房妹妹叫来帮我带孩子。在听到这个消息的时候，我是很开心的，因为我太需要一个帮手了。但在婆婆跟家人宣布这个消息后，我马上收到两个人暗中的警告，一个是二婶马薇，另一个是大嫂秦园。二婶的警告很含蓄，这跟她高傲中带点疏离的性格有关，她说："你小心点这个人。"别的便不肯再多说，弄得我一头雾水。后来我的疑惑被大嫂解开了，她说这个姨奶奶不省事，帮她带孩子的时候，姨奶奶仗着自己是婆婆娘家的人，不爱干活，喜欢挑拨离间，最严重的一次甚至闹得大哥把她鼻梁骨都打断了。听到此处我心里一惊，大哥是脾气那么好的一个人，能动手到这种程度，看来这人得防着。但事已至此，我也只能静观其变。

该来的总会来。不过，最终的问题并不是这个姨奶奶本身，而是她闹出来一系列事情之后，夫家人处理问题的态度和方式，让我对这个大家庭有了新的认知。

我能理解一个大家庭的复杂，因为每个人有每个人的个性，每个人有每个人的立场，每个人也有每个人的观点。有人在制造事端，有人在平息事端。有人在观望，有人在忍耐。这些大事小事无时无刻不在考验着当家人的公平和耐心，考验着当家人处理事情的方式方法。待所有的事情在无声中平息后，最终落在外人眼中的，才是一团和气的其乐融融。但我不知道的是，一个大家庭其乐融融的代价，是牺牲我的尊严和公平。

在这个姨奶奶到来之后，我也没过度反应，照常过着属于自己的日子。毕竟是婆婆娘家的人，我平日里也总是笑脸相迎，把她当成长辈敬着，吃的喝的都会多给她备一份。但有时候一个人的秉性和劣根性是很难改变的，就算我对她好也没用。很快她便露出了马脚，言语眼神中都透露着对我的轻慢。她在我家很懒，经常抱着孩子在沙发上一坐就是半天。不过她在婆婆面前倒是非常勤快，把婆婆哄得很开心。她丝毫不在我面前掩饰她的两副嘴脸。但是因为有婶婶和大嫂的警告在先，我本来就没对她抱有很大的期望，所以也就睁只眼闭只眼，想着自己多做点日子也就过下去了。但有的人，并不会因为你的退让而收敛，反而会得寸进尺。

老话说得好，“画虎画皮难画骨，知人知面不知心”。纵然姨奶奶长着一张人畜无害的脸，但一个人的恶，通常是掩藏不住的。很快，她便把用来对付大嫂的那一套，故技重施用在我身上。

为了避免姨奶奶带孩子看电视，我增加了自己带孩子的时间。有一天早晨，我早早就把孩子带去了公园，一直玩到下午。就在我筋疲力尽准备带孩子回去的时候，我突然接到了远在东北做工程的章凡的电话。电话接通后，他上来就是一阵歇斯底里对我吼："你给我妈吃什么了？她们说你是不是在里面下毒了！我妈要是有事我就要你的命！"我惊吓之余，冷静地告诉他："我一早带孩子出门，到现在还没有进家门，也没有看见妈，更别提拿什么吃的给她，你到底在说什么？！"章凡听完并没有冷静下来，反而更加歇斯底里，让我赶紧去看一下。我是在担忧、疲惫和气愤中赶到大嫂家的。敲门后，是姨奶奶开的门。大嫂不在家，婆婆和姨奶奶并排站在餐桌的一头面对着我。因为气愤，我没有换鞋，就在门口站着。我说："老三打电话来发火，说我给妈吃有毒的东西，到底怎么回事？"婆婆看上去神色如常，甚至还带着几分笑意，那个姨奶奶却是一脸得意。婆婆没开口，她先开口了："我在你厨房上面的柜子里找到了一袋打开的茶叶，就带给你妈喝了，你妈一喝完差点晕倒，你是不是在里面放东西了？"我一听，好家伙，她这不是到这个家做事来了，倒像是演宫斗剧来了。婆婆听她说完，也跟着说："是的，那个茶叶喝完，我身上就好像有一道闪电一样从头通到脚一样，吓死了，你是不是在里面下什么东西了？"

我先问了婆婆：“你现在感觉怎么样，要不要去医院？”

婆婆看了一眼姨奶奶说道：“现在好了，就是刚才那一阵。”

听到婆婆这样说，我转身对姨奶奶一字一句地说：“那个茶叶是我放在柜子里面吸气味的，都已经放了一年多了，那个柜子平时不用，你是怎么翻到那里面去的？以后你能不能不要在我家里乱翻东西，拿我家东西能不能先提前告诉我一声。”

姨奶奶听完，还是那一脸得意样，避重就轻说道：“吸气味能这样啊，你没在里面放东西吧？我就是怕你们年轻人浪费，才拿过来的。”

我的愤怒已经达到了极点，冷冷地盯着她的眼睛问：“那你觉得里面放什么了？”

她估计是自觉理亏，眼神躲闪地咕哝一句：“没放就好。”转身就进了里屋。

我又问了婆婆一遍，确认她没事后，我转身就走了。面对这突如其来的“人祸”和“羞辱”，丈夫和婆婆的做法让我伤心气愤不已，但冷静下来后我选择了隐忍，同时也对姨奶奶加强了戒备。姨奶奶或许是在这一次探到了章凡的态度，后面又做出了许多让人咬牙切齿的事。

这个大家庭的弊端也在这一件件事中显现了出来。

无疑，他们是很团结的。但这个团结仅限于“他们”，这个“他们”是指：婆婆加公公加弟兄三个，他们一家五口外加他们的亲戚。刚开始我以为是因为姨奶奶在，我才受到这种窝囊气。

没多久后一家人回老家后，又闹出了一件事，我才确认了这种情况并不是偶然。那次回去正值寒冬，农村地阔人稀，冬天要比城市冷很多，二嫂怕孩子冷，带回去不少暖宝宝。令人没想到的是，这个细心周全的决定，却导致了一场闹剧。在老家，二叔家孩子章浩宁在和老二家儿子章瑞打闹的时候，章浩宁失手把暖宝宝撕开，把里面的活性炭弄到了章瑞鼻子里面，鼻子出血了。婆婆看到孙子这副惨样心疼不已。站在她自己面前的，一个是小叔子的儿子，一个是自己的亲孙子，她就算再心疼也不能当着一大家子的面骂小叔子的儿子，但火总要发，最后这火发到了二嫂的头上。婆婆当着一屋子的人对二嫂大发雷霆，怪二嫂把暖宝宝带到老家，才惹了这场祸。我们也听得出来，这表面上是在骂二嫂，其实是骂给二叔听的，话里话外都是要他管教好自己孩子。但在场的除了亲戚以外，还有过来拜访的街坊邻居，这当众的责骂，可以说二嫂的脸面都丢尽了。可怜的二嫂，一边心疼儿子，一边承受着本不该她承担的责骂，坐在角落默默垂泪。而在场的人们似乎早已习惯了这样的场景，没一个人站出来帮她说话，她的丈夫章东远也默不作声地坐在人群之中。他们嗑瓜子的嗑瓜子，看电视的看电视，看热闹的看热闹。

那一刻我的内心是震惊的，震惊于他们的冷漠和麻木，要不是他们跟我待在同一间屋子里，我还以为他们是一群陌生人。

我看着眼前戏剧性的一幕，也对自己的命运多了一丝担忧。

回过头看，这个姨奶奶的确是个聪明人，她早就看清了这个家庭的生存法则，所以才敢肆无忌惮地闹出这些事来。当我意识到我的小家正被居心叵测之人一砖一瓦地毁坏时，我内心的反抗意识开始觉醒。虽然没有底气，但我还是决定先找章凡好好谈一下。

正如我所担心的那样，没等我把话说完，章凡劈头盖脸对我就是一顿骂，说我挑事。他觉得我不安分，欺负他家亲戚。为了给姨奶奶撑腰，他甚至当着姨奶奶的面给我脸色看。看到章凡对我态度恶劣，姨奶奶如同得了“尚方宝剑”一般，经常当面挑拨。只要章凡一跟我发火，她便露出一副得逞的阴险嘴脸，抱着孩子，在我面前一脸得意地蹦着，嘴里发出“哦，哦”的声音。这看似是在哄孩子，实则是对我的挑衅。接下来的日子，她老人家是越来越懒，经常是我在那干活，她颐指气使地在那挑刺，倒好像她才是这个家的主人。我意识到如果我再忍让下去，这个家迟早会给她全祸乱完，于是我便动了把她弄走的心思。

我默默地等待着机会，对她的厌恶让我觉得这段等待的时光无限漫长。就在我一筹莫展的时候，事情突然有了转机。

孩子刚学会走路没多久，姨奶奶抱着孩子准备去婆婆家吃饭，她们刚出门，我看见章凡趴在窗口上看了一眼后也跟着下去了。那天下午，婆婆很不寻常地找了个理由把姨奶奶打发了出去，并且把我喊了过去，屋里就婆婆、章凡和我三个人。我进门的时候，章凡正气愤地跟婆婆说中午他跟在姨奶奶后面看到的一幕：孩子走累了要姨奶奶抱，姨奶奶把抱着她腿的孩子直接拎起来甩到了一边，孩子是自己一路跌跌撞撞走到奶奶家的。关键不在此，章凡等姨奶奶带着孩子上楼后，故意在楼下转悠了一会，拖了会时间才上楼，他跟姨奶奶说："这小孩肯定不愿意走，都是一路抱过来的吧！"姨奶奶一听这话顿时来劲了，大声邀功着说："可不是嘛，一步都不肯走，这么胖，抱得手都酸了。"章凡一听这话气得差点没吐血。我坐在椅子上一直听着没说话，婆婆听完后也气得不轻，说了句："她现在怎么这个样子呢？"一直默不作声的我接了一句："她一直就是这样，只不过在你们面前装得比较好。"

是的，他们必须亲眼看见，才会相信。

趁着这次机会，我让婆婆把姨奶奶给辞了。姨奶奶这件事，哪怕章凡意识到自己错了，也没有和我说过一句道歉，就好像他之前根本没有做错，而我的委屈也并不存在。

回头想想受姨奶奶挑唆被打断鼻梁骨的大嫂，被当众羞辱的二嫂，我终于明白了这个家庭的兄弟三人，根本没有小家的概念。夫妻情分在这个家庭中几乎是不存在的。就拿我丈夫来说，在家族荣誉和家族利益面前，他会盲目地信任任何人，却唯独不相信我。这让我有了一丝担忧，夫妻之间要是没有了信任，没有了情分，就像是一座没有地基的房子，稍有风吹雨打就会垮塌。

对于章凡的这种做法，开始我一直认为自己不够优秀，把责任归结在自己身上，然后逼着自己拼命地去努力。很多年后，我在美国心理咨询师苏珊·福沃德博士的著作《原生家庭》中读到一段话:“渴望自由是人的天性，人人都渴望能拥有自由意志，很多人对于‘听父母的话’这件事，认为就等于自己的自由被压制了，他们对此感到痛苦和愤怒。然而遇到‘强大’父母的过于控制下，他们一般表现很顺从，那他们内心的痛苦和愤怒去了哪里？在大多数情况下它会转移给自己的妻子和孩子，因为小家庭对他来说，是原生家庭的翻版，他也便成了控制者，同时这里是一个安全的环境，他可以在这里‘任性’地做自己。”读懂这句话的那一刻，我如醍醐灌顶一般，一瞬间明白了章凡的所作所为。

对于章凡来说，他意识中的“父母”其实还包括了他的两个哥哥，所以压制他的这股力量比一般的“父母”更为强大，情况也更为复杂。所以我刚进入这个家庭时，如同大嫂二嫂的处境一样，章凡需要控制或者是压制我，让我去遵守这个家庭的规则。这种压制，是没有任何道理和缘由可言的，他们五个人的想法，便代表了这个家中所有的规则。

虽然有些事情我已经看透，但这世上哪有什么回头路可走，最后不过是落得一句“事过无悔，情出自愿”。罢了，日子总归是要过下去的。种种经验让我在这个家庭中行事变得严谨很多，每一个决定，每一件事情，我都会顾虑到家中每个人的情绪和颜面。因为我明白，稍有不慎就会引发一场风波，这让我不得不付出巨大的精力，去维护家中的人际关系。

姨奶奶走后，我承担了所有的家务，家务和孩子几乎占用了我全部的时间。全部忙完后，我才能坐下来喝杯咖啡，看会儿书，再和朋友们聊会儿天，这就几乎是我全部的娱乐活动。章凡大多数时候都是晚上出去喝酒，白天烂醉如泥地躺在床上睡觉。我们就像人们所说的那样：最近的距离，最远的灵魂。我们如同生活在两条平行线的人，能看得到彼此的存在，却又没有交集。婚姻对我来说，变成了人生中一门陌生的课程，时间越久越深奥，我也就越迷惘。我无法在我的婚姻中找到和家中长辈婚姻的共同点，我更像是一个人在面对婚姻。在章凡夜不归宿的无数个夜晚，我都是在担忧和猜测中度过。

我有一个丈夫，但我从来不知道他去了哪儿，他在哪儿。

在柴米油盐中打滚的日子，渐渐磨灭了我对婚姻的幻想。某一天路过颐林路我以前常来的书店时，突然意识到自己已经很久没有去过书店了。我停下脚步，驻足在书店对面的法桐树下，望着书店暖黄色灯光下安静阅读的人们，内心交织着各种情绪，有羡慕也有追忆。如今，对我来说，“淡观山水闲看月，只读诗书不念愁”的青葱岁月，已经一去不返。那些曾经习以为常的场景，却成了现在我梦寐以求的东西。我依稀看到了一幕幕似水流年带走了那个曾经纯真快乐的自己，可我却无法挽留。

第三章

破碎

韶华在流年中轻转，而流年却已在岁月中斑驳。

转眼间女儿已经两岁多，很快就要上托班。某一天我在镜子中看见了日渐平庸的自己，我的眼中已经没有了光，容颜也变得枯槁，对我来说，镜中人是如此的陌生。霎时间，一个念头在我脑中划过，我不想要这样的生活，也不想这样平庸地过一生，我要工作。念头一起，就像无法扑灭的火苗，无时无刻不在撩拨着我的心弦。思考了几天后，我和章凡做了沟通。他斟酌了一番后，决定让我去他叔叔的装饰公司工作。对这个陌生的领域而言，原本我是抗拒的，但思虑一番后，我还是接受了他的安排，就这样我们到了同一家公司工作。

直到今天，再回头去看时，我发现自己其实还是没有逃脱命运的安排。在这个陌生领域工作的五年，一直在挑战自我。刚进入公司的时候，这家装饰公司正在为上市做准备。比起婚前靠表姐林馨儿的关系造就的单纯而松弛的工作环境，这次不管是工作性质，还是员工关系都要更为复杂，更为艰难，很多事情都需要靠自己去摸索。在这五年高强度的工作训练中，我提高了自己的抗压能力和灵敏度，同时掌握了很多的工作要领，这为我后面赢得云谲波诡的商标之争打下了坚实的基础。

在婚后的日子里，无数个夜晚，陪伴我的只有熟睡的女儿，还有一盏昏黄的枯灯，但幸运的是，我有很多的书。

关于阅读习惯培养，我是很感恩父亲的。虽然他在某一刻放弃了对我的爱，但在弟弟出生前，他一直尝试引导我爱上阅读。20 世纪 80 年代的书籍，无论是四大名著，还是武侠言情，都趣味十足。活灵活现的插画，深深吸引着年幼的我。为了能读懂里面的故事，年幼的我便缠着父亲教我识字。在父亲耐心的教导下，我学会一些字，然后跑去厚厚的书籍中寻找它们。这种如同捉迷藏一样的游戏，让我找到了乐趣，也让我对文字产生了浓厚的兴趣。慢慢地我已经能读懂书中一些浅显的句子，这让我更加自信。接下来，父亲教会了我如何使用字典，瘦小的我是一边摇摇晃晃地翻着厚重的字典，一边看完《红楼梦》和《福尔摩斯探案集》的。开始的时候，因为识字有限，我读得非常艰难，但是与书中的内容带给我的新鲜感相比，艰难不值一提。对年幼的我来说，书中光怪陆离的世界，让我深深着迷，也让我充满了无尽的探索欲望，人们常会看到我在家中各个角落阅读的身影。对年幼的我来说，这一本本书，就像是一个个可以随时穿越的时空之门。每打开一扇门，里面都在生动地上演着一出出剧情：这里有宇宙星辰，山川湖海，帝王将相。有千百年前的故事，也有千万里之外的故事。这是一个无比神奇，却又无限变化的精彩世界，也是一个让我觉得无比自由的世界。阅读带给了我现实世界中无法体验到的快乐。

书，有时候是我和身边人的媒介，它让我和很多人都有共同的话题。我最喜欢在奶奶做饭的间隙，伴着烟火气息，夸张地给她讲述书中的故事。我会在故事里加入一些好笑的情节，然后透过厨房的烟火，看着奶奶欢笑的脸。每当这个时候，我的内心便会觉得无比的幸福满足。我的奶奶，给了我一世的偏爱。她很平凡，但她又是那么善良柔软，心里似乎包容着万物。我永远不会忘记她牵着小小的，正试图打死百脚虫的我，站在门框边，指着门框下两只爬行的百脚虫对我说："这个世界上生命都是平等的。它们虽然小，但也是生命，和我们一样。它们没有伤害我们，我们也没有伤害它们的权利。这里是我们的家，也是它们的家，我们可以一起生存。"奶奶说这句话的时候，几束阳光穿过大门，照在我的脚下，万千的尘埃在光束中流动，神圣而又灵动。她的话让我从那一刻起，对生命有了敬畏。

童年的这段经历，让我总是把朋友、厨房、奶奶的笑容和爱这些元素，与书很自然地联结在一起。从某种精神层面上来说，我对书有一种情感寄托。每当拿起书本，去触摸文字的时候，书在我的指尖和心里都是有温度的。正因为此，我至今都对电子书有着抵触的情绪。在某些阴雨或是下雪的天气里，我总会习惯性地在厨房煲上一锅汤，然后挑上一本喜欢的书，在厨房一边闻着温暖的香气，一边看书。炉火的温暖、烟火的香气还有书本的触感，让我总能找到小时候和奶奶待在厨房里的那种满足感和幸福感，就像她还在这个世上，还在我身边陪伴我一样。

爱和阅读为我造就了另一个世界，这是一个无论沧海桑田，还是尘世变迁，都会始终温暖如春，繁花似锦，纯净而又美好的世界。我在这个世界躲避着兵荒马乱，安放着我的骄傲和尊严。

但我觉得无法躲避的是，章凡的作为给我带来的不安，那种不安全感就像野草，无论我怎么努力，它们还是会在不经意间长满我的心。

一个家庭，如果总是一个人在努力，那一定会带有缺憾。这种缺憾体现在我的女儿身上，章凡虽然疼爱女儿，却极少陪伴她。受此影响，女儿的性格胆小，总是会受到环境的束缚，很多事情她不敢去尝试。我能感觉到她没有安全感，缺乏自信，而且在运动时协调性也不是很好。我了解父亲在孩子童年成长过程中所处的重要地位，便试着和章凡沟通。在和章凡沟通孩子的问题时，我终于明白了什么叫“夏虫不可语冰”，每每我跟他提起孩子的陪伴问题，他都会理解成我在找借口对他进行某种变相的约束，最终谈话往往会演变成争吵。我始终无法让他明白：父亲在孩子的成长中是不可或缺的，有父亲陪伴的童年才是完整的、幸福的童年。

又当爹又当妈的日子，总是让我对女儿充满着深深的担忧。虽然高强度的工作让我非常疲惫，但我还是会尽量多抽出一些时间去陪伴她，也急切地想找到一种弥补她父爱缺失的方法。幸运的是，我在带孩子玩耍的过程中结识了两位性格很好的邻居，在后来的相处中，我们往来愈加密切。我参与到了她们的家庭聚会中，她们的先生都很喜欢我家女儿，经常会带她一起玩耍。她会跟在孩子们的队伍中，在爸爸们的带领下，去做一些勇敢的尝试，这让她变得活泼了很多，也让我感到了一丝欣慰。

章凡的种种作为，我并没有让女儿知道，因为我明白章凡在女儿的生命中，扮演着非常重要的，无法被任何人取代的“父亲”这一角色，他的一言一行都会对女儿产生巨大的影响。为了让女儿感受到“父亲”对她的爱，我会在章凡不在家的时候，告诉女儿：“爸爸去挣钱了，挣钱了才能给宝宝买玩具。”“爸爸出差了，爸爸很辛苦。”诸如此类，不胜枚举。值得欣慰的是，我给女儿描绘的“父亲”形象很成功，女儿对父亲有着深深的依恋，章凡在家的日子里，女儿会非常珍惜与他相处的时光。他们父女之间的感情，并没有因为章凡糟糕的生活方式而受到任何影响。

“家”是我的执念，而我为了这份执念努力支撑着。

当人们发现某种美好的假设，正面临着破碎的时候，便会架起一道意念的屏障，我把这种行为叫作自欺欺人。随着孩子慢慢长大，章凡从纸醉金迷逐渐发展到夜不归宿。我经常到早晨才听到他开门进房间的声音，问起来，他便敷衍我说他是在饭店沙发上睡着了。虽然明知道是谎言，但我只能接受这样的谎言，对我来说，只要不让我亲眼看见就好，这是我保护尊严的最后一道屏障。

这世上没有不透风的墙，工作一段时间后，随着我结识的人的越来越多，丈夫在外的风流韵事终于还是传到了我的耳中。面对现实，伤心在所难免，但我更多的是不甘。大嫂知道这件事后给我的支持力度很大。她帮忙看孩子，让我去找他。

不久后的一个晚上，我忙完，已经十一点多钟了，大嫂过来带孩子睡觉，让我去找章凡。我打通了章凡的电话，电话那头很嘈杂，当我提出要过去玩一会儿时，他很爽快地答应了，并且报出了一个酒店的地址，告诉我他在酒店三楼。我开车赶往那个酒店的时候是带着放风的心情，很开心地去的，因为结婚后我已经很久很久没有这么晚出过门了。可是当我到达酒店，打电话跟他确认包间号时，他的手机却关机了。我猜测他是不是喝多了，或者是手机没电了，疑惑之间我还是选择上楼去看一下。

到了三楼，我一脸茫然地站在酒店大厅，不知道该从哪里找起。这时，一位圆脸大眼睛，长得很可爱的姑娘走了过来，问我找谁。我告诉她，我丈夫喝多了喊我过来接他，但到这儿后他手机关机了，估计是没电了。接着问她能不能让我到包间里看一下。

姑娘很善解人意，说可以。她说目前就三个包间开着，说罢便带着我往里走。我有点心虚地一个个推开包间门，在仔细辨认了里面的人后，却发现章凡根本就不在这里。这让我的心情差到了极点。但面对姑娘的热情，我还是挤出了笑脸，装作不在乎的样子跟她说："谢谢啦，估计我在家磨叽的时间长，他自己先走了，我再去找找。"

这位姑娘在听我说完后，看着我叹一口气，说了一句非常经典的话："唉，你们这些原配也挺不容易的。"

姑娘说得一脸轻松，我听得却是百转千回。

我下楼回到车里的时候，还是对章凡抱有一丝希望的，觉得或许如我所想：是他手机没电了。于是我一遍遍地拨打着他的电话，终于在打到第十几个的时候，电话通了，但那头没人说话。在我一遍遍的催促中，听到了话筒中传来了一男一女非常非常轻，带着戏谑的声音。

男人说："你来讲。"

女人说："你来讲。"

就在我极度震惊的时候，电话再次关机。那一刻，屈辱的眼泪夺眶而出，我觉得这些年的隐忍和付出就像一场笑话。愤怒让我再次拨打电话，很久后，电话接通，这一次还是没有人说话，但我能听到电话那头远处传来章凡跟服务员沟通开包间的声音，声音的距离让我判断出手机在另一个人手中。那一晚，我失魂地开着车流着眼泪行驶在无人的街道。而这样的情景，在接下来的日子中，一遍遍重演。

章凡回来后的那天早晨，我本来想找他好好谈一下，但他丝毫不想好好说话，我们开始争吵。章凡为了达到他的目的，用暴力的言语对我进行攻击和压制。章凡在这一次争吵中，暴露出他恶狠狠的模样。他把手机狠狠摔在地上，不停咆哮着。看着这个熟悉又陌生的男人，这个时候我才知道，我到底嫁了个什么样的人！幼小的女儿在激烈的争吵声中，捂着耳朵蹲在角落哭得撕心裂肺。我看着年幼的女儿，拼命压抑住心中的滔天怒火，抱着女儿出了门，然后安慰女儿："爸爸妈妈吵架是不对的，我们都很爱你。"

在我的观念中，夫妻间的矛盾，不能伤及父母，不能伤及孩子。这次争吵，他丝毫不顾及年幼的女儿，这让我对他产生了深深的厌恶。自此，我对婚姻抱有的美好幻想被现实彻底击碎。

有时候，亲手打碎自己的梦也好，虽然痛得彻底，但至少能看清现实。

我在回想起这段往事的时候，哪怕已经过了许多年，还是能够感觉到当时的疲惫。事务的牵扯、工作的压力、孩子的教育、婚姻的不幸，就像几座大山一样压在我胸口，沉甸甸的让我喘不过气来。在这个家庭中，权利总是偏向他们一家五口，他们总是会按照自己的意愿去做事。比如说我带孩子的时候，孩子身上被蚊子咬几个包，我就会被当众指责。二伯子带孩子出门时，孩子的手被车门夹到，肿得老高，孩子哭得撕心裂肺，他们却云淡风轻地一带而过。在女儿练舞蹈期间，因为女儿给婆婆表演了一个下腰，婆婆就对我大发雷霆，说这样太危险。我本来不想理会，但章凡紧跟着回来给我施压，勒令孩子停课。我知道每个人所站的立场不同，看待问题的角度也不同。婆婆是在心疼孩子，但这种不分对错的袒护，放在孩子的教育问题上，是非常可怕的。因为孩子她还小，尚没有分辨“对”与“错”的能力，在她眼里，谁对她“好”谁就是好人。而在这种环境下，孩子掌握了诀窍，遇到难题了不是想办法解决难题，而是想办法去找人解决问题。这让我在孩子的教育问题上，总是站在他们家的对立面。总的来说，我感觉是自己一个人在和一群人对抗，弄得我疲惫不堪。就像二嫂说的那样，给孩子养成一个好的习惯，需要努力半年，但这半年的努力很有可能让他们家一天就毁掉。然后他们在孩子因为他们的宠溺犯错时，理所当然地把过错全怪到你身上：“你怎么教的孩子？”

教育的意义在于传承，是一代人对下一代的托举，虽然在其他问题上我可以妥协，但对于孩子的教育我决不妥协。他们对孩子教育毫无底线的干预，让我付出了更多的艰辛。

这个大家庭，就像是一个封闭的世界，这里有着不同于外界的规则。我们妯娌三人，必须无条件地臣服于这种规则。只要触犯到他们的规则，我们便会被送到他们的审判台，接受无情的嘲讽和责难。我们妯娌三人在这种对抗中，渐渐站到了一条线上，大嫂和二嫂也在我的调解下，放下了过往的芥蒂。我的想法很简单：以后我们都不在了，三个孩子的日子还得过，现在针尖对麦芒的，以后孩子们会有很多的矛盾。渐渐地，我们妯娌和孩子们的感情越来越好，有什么事也都商量着来，平时有事，也互相帮衬着。在相处的过程中，两个孩子和我很亲，他们和我女儿也很亲。这个家，因为他们的存在，在我眼中终于有了一点家的样子。有时候想想，就算章凡不管这个家，有他们陪着过一辈子也行。

第四章

危机

岁月在缝缝补补间，从指尖流过。

很快，女儿从幼儿园毕业，进入了小学。在培养出两名骨干顶替我的位置后，我离开了装饰公司，准备回家帮忙，这样就可以有更多的时间陪伴女儿。此时家中正在筹备一件事，准备开一家在 N 市已经消失了十几年的老字号“福民汤包”。说是筹备，三兄弟心底还是有些忐忑，因为这个品牌无论是商标还是配方都不属于我们。早些年“福民汤包”从 N 市消失后，店里的汤包师傅们便分散到了各处，这次准备将这个品牌做大，是因为店里面有一位老“福民汤包”汤包师的徒弟。虽然店里面设小窗口卖了好几年汤包，但从不敢大张旗鼓挂牌子，这次动了念头是因为大伯子注册下来一个“福民”第二十九类商标。虽然说是注册下来了，却和做餐饮的，可以开设门店的第四十三类商标没有多大关系。因为第二十九类是产品商标，而第四十三类才是可以开设门店进行经营的商标，所以一旦第四十三类商标持有人较真，起诉我们，就会引起大麻烦。

一家人在商量过后，决定还是试一试，于是开始紧锣密鼓地筹备，而我除了带孩子以外其余时间都在店里面帮忙。就这样我从一个广告人跨行到了装饰行业，然后又变成了一名餐饮人。在这三个行业中，我觉得餐饮是最累的一个行业，因为人员流动频繁，老板随时要顶替各种岗位，洗菜工、收银员、厨师，偶尔还要客串一下清洁工。而我也从装饰行业日常工作负责核算、材料、流程，转成了餐饮的筹备、营销、收银。在开了两家“福民汤包”做了测试，没有负面反应后，大家开始放下心来。我每天都在忙忙碌碌中度过，虽然疲惫却很充实。由于当时社会普遍缺乏有关知识产权的认知，所以市场对商标的把控不是很严格。2013 年的时候，“福民汤包”获邀进驻了 N 市的知名景区，慢慢地我们也开始对外进行招商加盟。

一家人齐心协力做一件事，其实并不觉得累，往往让人觉得累的是人。

2014 年，在一次和大嫂见面时，她的憔悴和落寞引起了我的注意，要知道平时她可是开开心心，风风火火的。我问她，她也不说。我虽然觉得奇怪，但繁忙让我没有时间多想。就这样过了大概两三个月的样子。有一天晚上大嫂喊我吃夜宵，当我看到她的时候，明显察觉到她有些不对劲，因为她两眼红肿，精神恍惚。我问她怎么了，她只顾着低头吃东西什么也不说。想想最近家里也没有什么事，我便以为是她和娘家人有什么矛盾，便不再多问。过了一会，她要了两瓶啤酒，还是不怎么说话，就喝酒吃东西。大嫂的酒量有限，不一会便满脸通红。就在我忙着给她整理桌子的时候，一抬头，猝不及防地看到大嫂泪流满面地看着我。她跟我说了一句让我无比震惊，简直不敢相信的话。

大嫂说："你大哥外面有人了，他打我。"

震惊让我端着盘子的手悬在了半空中，章东源在我心目中一直是老实、正直而有担当的形象，不敢置信和心疼两种情绪瞬间让我起了一身鸡皮疙瘩。因为是家门口熟人的店，为免落人口舌，我迅速结账，带着大嫂离开。震惊让我久久说不出话来，我扶着已经有几分酒醉哭泣不止的她，一路沿着巷子往前走，此时正值蔷薇凋谢的时节，巷道上落了一层厚厚的蔷薇花瓣，像极了我心里那无奈的叹息。

我问大嫂："今天的事？"

大嫂无力地点点头："很早就有人告诉我，他和那个女人勾搭上了。今天我去找他，他当着那个女人的面打我。"

心疼和愤怒之下，我问她："哪个女人？"

大嫂此时已经崩溃，她蹲在巷子边的蔷薇枝条下，掩面痛哭，过了好一会儿，她才说："老店的那个叫武丝丝的收银员。"

大嫂说完我大吃一惊。一个大嘴巴，眯眯眼，高颧骨，长着一张丑得别具一格的、仿佛人类返猿的尖嘴猴腮的脸的女人的面孔，慢慢浮现在我的眼前。关键是，这个女人虽然有着妩媚的名字，却是一个已经快奔四的半老徐娘，而且她还有孩子有家庭。

我的大脑一片混乱，因为章家四兄妹，虽然来自农村，但都是皮肤白皙，长相周正的，大哥长得也是有模有样，不明白他怎么会看上这么个女人。不偏不倚地说，大嫂长得比那个武丝丝强一百倍。我本想问大嫂是不是弄错了，转念一想，大哥已经到了动手打人的地步，怕是不会错了。我在纠结中理清头绪后，心里一阵揪心的疼。大嫂对大哥的感情，我是看在眼里的，章东源这事做得太伤人心了。

面对痛苦不已的大嫂，我无从安慰，因为我知道这种痛苦不是我说几句话就能起作用的，所以我索性陪她蹲下来，让她痛痛快快地哭了一场。过了一会，大嫂站起来，踉踉跄跄走了几步，说想回家。我说送她，她不肯让我送，非得等我走远她才肯走。拉锯了一会后，我知道她难过，便听她的话假装往家走。然后又偷偷折返回去，不放心地远远跟着她。直到目送她进了家门，我才放心离开。

那一晚，大嫂在黑夜中踉跄落魄的身影，一直深深烙印在我的心里。

那晚之后，我便多了个心眼，留意起了这个武丝丝。因为三观被颠覆，我又特地去看了一眼，再次确认了一下是这个人无疑。在见到她以后，我的想法没有改变。她那张长得奇奇怪怪可以挂在门上辟邪的脸，写满了让人不舒服的心机和野心。我至今都搞不明白章东源到底看上她哪了，大抵是王八看绿豆——看对眼了，这就是世人看不懂的爱情吧！在我的观察和一部分店员提供的信息中，我对这个女人有了一些了解。武丝丝， A省人，已婚，和丈夫育有一女，孩子由婆婆照应，夫妻二人常年在外打工，此前武丝丝丈夫也在店内打过工，后来离开了。至于大哥和她在一起的事，也是事实，几乎所有的店员都知道，据一个了解她的店员描述，她在外打工期间，一直试图勾搭店老板，有两次是被老板娘赶走的。更重要的一个信息是，她正在和丈夫办理离婚手续。

而关于这个女人的手段和心机，店员们都是有目共睹的，在店员们七嘴八舌的描述下，我大概知道了一些。店里面规定，每个月十五号下午三点是店内发工资的时间，以往，店员们都会在这个时间，三五成群地上到三楼办公室拿工资，武丝丝为了昭告她和老板的关系，故意在店员拿工资的时候，将办公室的门敞了道缝，坐到了章东源腿上，勾着脖子撒娇："你说，你给不给我发工资呀？给我发多少呀？"她安排了这一出后，他们的破事很快便在店里传开。面对传言，章东源也不解释，反而开始公开在店里面和她出双入对，而武丝丝也正式开启了她"老板娘"的生涯。

那时的我还不知道，这个女人的出现，将会毁灭我的人生。

我在打探消息的同时，二嫂给我打了电话，电话一接通，她便激动地说道："你听说了吗，那个武丝丝的事？"我说听说了，听说这个女人正在和丈夫办理离婚手续。二嫂说："那我告诉你你没听说的，这个女人之前怀了一个，打胎了，现在估计是后悔了，正在吃中药调理身体准备再怀孕，西沙江的店说是给她开的，大哥在店后面租了房子，安排了保姆，正好吃好喝地养着她呢！”听到这我沉默了，看来大哥是在玩真的了，这是有了要跟大嫂离婚的念头。

除了心疼大嫂，我想到了另一个严重的问题。他们来 N 市时的那家店早已经关闭，所以现在这家店包括后面几家店的营收，全被大哥捏在手中。最后一次大的家庭支出，是我和章凡结婚的时候，家中买了一套小面积的房子，后来也不见分红，算下来八年的营收加上后来分店的营收，少说也有一千大几百万，大哥的手中握着的可是一家人的营生。在此之前，我们都给予了他百分百的信任和尊重，可如今早已物是人非，我不由得心中一凛。

大哥出轨这件事，受伤最深的人除了大嫂，就是大哥女儿章子馨。大嫂情绪的低落，终究没能瞒得了聪慧的子馨，正值青春期的孩子，本身情绪波动就很大，如今面对这突如其来的变故，她痛苦不已，经常母女二人在我面前抱头痛哭。面对她们的痛苦，我也非常心疼，想着不能坐视不管，得先想个对策。

人们常言“福无双至，祸不单行”，没想到的是，还没等我想出一个对策，报纸上的一则新闻迅速引起了我的警觉。而正是无意中看到的这则新闻，将我的人生完全改变。

有一天我到办公室后，像往常一样打开《城市快报》，一个大大的标题映入眼帘，新闻的标题是：正宗“福民”在 S 市， N 市“福民”侵权。看到这个占据了报纸大幅版面的新闻标题，我心中一惊，巨大的危机感如潮水般向我袭来。

写到这，我不得不先说一下关于“福民汤包”这个字号的背景。

“福民汤包”的字号起源于20世纪50年代，距离现在已经有近六十年的历史。在那个商品和饮食相对匮乏的年代，普通人家只有在家中来客人了，或者是孩子考试考好了，才舍得吃一次汤包。可以说，“福民汤包”一直是N市人心目中的白月光。随着时代浪潮的起落，每个老字号都是饱经风雨，都有着跌宕起伏的故事，“福民汤包”也不例外。这个字号原本是国营，在1983年的时候突然归了私有。这里面发生了什么，到现在也无从查证。奇怪的是，国营转私有后，该字号紧接着就从市场消失了。面对“福民汤包”的突然消失，很多N市人表示无法接受。因为对很多N市人来说，它不仅仅是食物这么简单，它还伴随着几代人的成长，是童年回忆和情怀的象征。我们刚开店那会，经常有老年人吃着吃着在店里抹眼泪，也有归国华侨万分感慨地和我叙述他曾经年幼时，在店内吃汤包的情景。那份情真意切，让我深受感动。

当初以“福民汤包”为名开店的时候，我们也再三思量过，万一做大，这背后巨大的利益必定会让很多猎人虎视眈眈。如今这样的新闻标题出现在报纸上，我敏锐地嗅到了一丝不寻常的气息。巨大的危机感让我不敢耽误，当天中午和他们三兄弟吃饭的时候，我把看到的新闻和担忧说了出来。出乎意料的是，他们三兄弟听完，完全没有和我同样的担忧，反而用嘲讽的语气和不加掩饰的鄙视对我夸张地表现出轻蔑和不屑。老二老三的反应倒在我的意料之中，只是我没想到掌管着家族生意的老大竟然也如此短视，如此刚愎自用。这让我既吃惊又不安，同时也对他更加失望。无奈中，也觉得没有办法再沟通下去，要知道在这个大家庭中，媳妇在底层的观念是无论如何都不会转变的。出于责任感，此后两天我又提了两次，最后一次章凡直接跟我发了火，我便不再提了。

本着“事不过三”的原则，对我来说，已经对他们家尽到了自己的告知义务，接下来的事便由我自己掌控，与他们无关了。想想也好，因为成败不由人，我不需要背负额外的压力，反而会轻松很多。

我非常清楚，媒体不会无缘无故地传出这样的新闻，必定是有人盯上了这个字号，如果自己坐视不管，怕是要出大事。想想这一大家子，虽然他们兄弟做的事比较恶劣，但他们终究还是嫂子们的丈夫，是孩子们的父亲。公公婆婆虽然在有些事情的处理上，受人蛊惑，处理的时候有失公允，但也一直张罗着我们的饮食，待我们不薄，他们的本性是善良的。再看看嫂子和两个孩子，她们是那么善良而又温暖，还有我的女儿，她还那么小，我不能让孩子们重蹈我童年的覆辙。因为万一商标持有方起诉，加盟商再反过来起诉，要求我们赔偿，这个家可就什么都没有了。

我心里明白，纵使人心涣散，可我们毕竟还是一家人。

虽然心里打定了主意，但终究是独自面对一个全新的领域，我有一些无从下手的感觉。沉下心后，我决定按照以往一贯处理问题的方式去应对，先把心中的问题罗列下来，再去找专业人士咨询。

常言道“知己知彼，百战百胜”，为了了解对手，我每天送完孩子便坐上高铁赶去S市，了解并调研S市的“福民”商标经营情况。做了了解，最后发现S市的“福民”商标早在2009年就已经因为租金上涨严重，从S市知名老街撤出，后来再也没有经营。当时的我，是沮丧的，因为感觉没有了方向。但是没有想到的是，后来就因为我查找到对方歇业未经营这一条，成就了我。

说来也巧，没过几天，我正在一筹莫展的时候，接到了一个知识产权公司一位叫房亚宁的业务员的推销电话，我稍作询问后，觉得不是三言两语就能说清楚的，而我急切地想找到解决办法，便约了小房在他公司见面。与此同时，大哥和小三的闹剧还在发酵。如果这件事放在老二或者老三身上，大家都不会慌张，可偏偏是出在了掌控一家财政大权的老大身上，小三的跋扈，和大哥的所作所为，让公公婆婆和嫂子们都慌了神，大家明白这一次的危机非同小可。虽然我心里也惴惴不安，但在家族命运面前，只能把事情先分个轻重缓急。

虽然面对的是一个新的领域，但我明白这一次事关重大，所以万分的谨慎。

第五章

布局

整整三天的时间，我都在北极星公司和小房交流。那三天我从《商标法》的条款，到经典案例，再到具体的实施方案，做了一个完整而全面的了解。了解完后我觉得小房很专业，但又觉得多从几个人的角度了解会更全面，便要求见他们总经理。要求见的原因也很简单：第一是论证业务员说的是否正确；第二是假设遇到特殊情况时，看他们会用什么方式去处理问题。他们公司估计也是没见过像我这么固执又难缠的客户，当在他们总经理办公室聊了三个多小时以后，我转头看向窗外的间隙时，看到了玻璃上映照的他们领导白眼直翻，一脸不耐烦。

一直以来，我对自己的评价是：脸皮薄、懂分寸、识趣。但在生死存亡之际，我发现脸皮什么的已经不重要了，甚至心中暗自发狠，你就是把眼珠子翻转过来，我还是得问。随着事件的发展，局势一度到了谍战片一般错综复杂的时候，我不由得感叹自己的布局是对的，幸亏自己提前摸清了其中的门门道道，否则早就进了别人的圈套。

我在知识产权公司问完所有的流程后，并没有急着签合同，而是回家进行了整理，把每一个步骤进行了分解，将每一个流程从自己的角度和对方的角度，进行了比对分析，继而进行了推演。

按照知识产权公司的建议，我要对目前“福民”第四十三类商标的持有人S市的“谈月楼”提出撤销申请，撤销申请依据的是2014年《商标法》第四十九条规定：商标注册人在使用注册商标的过程中，没有正当理由连续三年不使用的，任何单位或者个人可以向商标局申请撤销该注册商标。

而“商标总局”会向代理S市“福民”商标的知识产权公司，发送关于有人提出撤销申请的通知函：对方知识产权公司收到后会告知“福民”商标持有人，继而商标持有人会提供证据经知识产权公司，递交给“商标总局”。这里面有一条，我在申请撤销对方商标的时候，必须同步注册，也就是一旦撤销成功，我的前面只要没有早于我申请注册“福民”商标的人，这件事就算成功了。第一步申请撤销的人，可以是任何人，但申请注册商标的人必须是我。

综合已经知道的条款和步骤，我决定用一个陌生人的名字进行撤销。这样布局，就算失败，对方也不会追查到我头上，家里面的人也不会被牵连进去，然后我再用自己的名字进行注册。布局完第一步后，我准备集中精力，提前做好证据链，这样做的目的，是为了能提前发现风险，便于补充和调整，也便于掌控全局。就在我做好计划的时候，才想起来，签合同需要八万多元钱，而我不能动用章凡账面上的钱。再者，这个商标现在正在风口浪尖上，所以我还不能跟身边的人开口，不能让太多人知道，因为这个时候，每个知情人都可能成为我的对手。

我有些茫然，没有想到，我的最后一步竟然会卡在钱上面。俗话说“一分钱难倒英雄汉”，作为从小到大都没跟人伸手借过钱的我来说，真的是被难倒了——跟谁开口是一个极大的难题。虽然我的兄弟姐妹众多，但我远嫁这么多年，开口就是借钱，难免引发他们疑惑。我的父母亲那边，他们压根不懂，肯定会更担心。至于林馨儿她们，远在天涯海角，说了肯定也是会担心的。想了半天，最后我想到了一个人，我的叔叔。

关于我的叔叔，前面我几乎没有提及。因为从小到大，我是极少有机会能看见他的，他不是在学习，就是在去学习的路上。或许优秀的人都差不多，都是习惯于孤独的，就算他偶尔在家，也是和我表姐林馨儿差不多，要么躲在角落抱着一本书，要么坐在桌子前奋笔疾书。我跟他最长时间的接触，是每年的考试前夕，父亲叫他回来给我补课。叔叔毕业后就被一家国企录取走了，随即就结了婚分了房，我和他见面的机会就更少了。我之所以选择跟叔叔开口的原因是，一是他了解我的情况；二是他一直在单位工作，对于知识产权这一块会有所了解，能听得懂。“能听得懂”这一点对我来说尤其重要，因为这可以减少借款给我的人很多没有必要的猜测和担心，这样我便能少背负一些压力。

就这样，我在把事情理顺，组织好语言后，鼓足勇气打了个电话给叔叔，跟他详细说了事情的始末，结尾我告诉他：“这次事关重大，就算有万分之一的机会，我也想试试。”叔叔默默听完后说了句：“这事可以做，明天我打十万块钱给你。”挂了电话后，我发现自己紧张的手心起了绵绵的汗。

叔叔的肯定让我增添了几分信心。第二天一早钱到账后，我便来到了知识产权公司准备签订合同，因为准备充分，我在小房的指导下顺利签订了合同。但我签完并没有立即离开，而是当场要求他们通知总公司当天去办理，并将回执拍照给我。我这么做的目的，是为了将每一步流程落到实处，虽然我跟他们签订了合同，但我需要把控每个流程。因为对他们来说这只是一笔业务，但对我来说，是关系着一个大家庭生死存亡的大事。就这样，在报纸 2014 年 8 月 5 日爆出新闻后，我在不到一个月的时间里，快速做出了反应，签订了合同。

在此之前，我身上一直有一种很坏的毛病，那便是在学习上喜欢挑自己喜欢的学，喜欢的学科抱着不丢手，不喜欢的学科拿刀架在脖子上都学不进去，这一度让我的考试分数忽上忽下。没想到这个曾经让我头疼的毛病，在此时竟成了一种助攻，让我在最短的时间里掌握了一门要领。

合同签订后十天左右的样子，房亚宁告诉我，这几天多家报纸对这个商标进行报道，有好几家公司找上门，要求操作这个商标，最高的一家，加价到了十五万，而且其中一家还是我们的加盟商。听到这我后背一阵发凉，我要是迟疑一步，就什么都没有了。转念一想，我又担心他们从别的渠道，先我一步注册，到时候我就算撤销对方商标成功，也是在为他人做嫁衣。想到这，我赶忙催促小房帮我查，第二天小房回复我：商标总局电脑系统出了问题，得有四个月看不到排序。听完这句话，面对众多不确定性，我的压力顿时增大了很多。但我毫无办法，只能在巨大的压力中继续等待。

面对汹涌而来的竞争者，巨大的危机感和使命感让我丝毫不敢懈怠。巨大的压力让我变得很焦躁，晚上很难入睡，同时我每晚都在网页上浏览着各种案例，摘抄下来做对比分析。家族的命运，孩子们的未来，还有无数的未知，巨大的压力让我开始失眠、脱发，我每天早晨起来的第一件事就是打扫床下让我触目惊心的，一团团的落发。

接下来的时间，我带着相机，按照知识产权公司和经典案例中总结的方法，开始了证据收集的过程。证据链的完整性和连贯性，决定了证据的有效性，也直接决定了胜负，所以容不得半点马虎。

对我来说，这条路注定是孤独而且艰辛的。我没有任何帮手，孩子也要照常接送，店里面的事还是要照常安排。为了节省停车时间，我买了一辆电动车，每天在大街小巷来回穿梭。从那时起，我的世界没有了日夜之分，也没有了一日三餐的概念，我利用一切的时间，行走在证据收集的路上，因为我明白，我必须和时间赛跑，才有赢的可能。

有人在肩负着家族使命默默前行，有人却在欲望的沟壑中逐渐迷失。

在忙得昏天黑地的某一天中午，饥肠辘辘的我，路过闹市区家里开得最早的那家门店时，决定进去吃点东西。我走进店面的时候，正值就餐高峰期后，大多数桌面上一片狼藉，服务员中有两个在收拾，别的都是站在那聊天。看到这个情景，我让领班安排收拾一下，不承想我话刚说出口，一个三十岁左右矮小精悍的男人，从门外夹着香烟走了进来，他夸张而又轻蔑地瞥了我一眼后，大摇大摆地坐到了收银台后面的椅子上。说是坐，也不是正儿八经地坐，而是叉着腿，身子靠在椅背上，不时动作夸张地把烟灰弹在地上，眼睛不时斜看着我。他浮夸的样子不像是店里的员工，倒像是来讨债的。我不动声色地打量这个男人，谁都能看出来他在挑衅我。我脑子里搜罗着关于这个人的信息，可想了半天还是一片空白，便问旁边的服务员："这人谁呀？"服务员们神色都很复杂，有一个人悄悄地说："是武丝丝弟弟。"我听完算是明白了，这是"一人得道，鸡犬升天"的架势。我用眼角的余光看了一眼周围看热闹的人，登时眼明心亮。要是今天我不给他一个下马威，怕是一家老小的颜面要被这个人丢尽了。但我知道自己的弱点，若心平气和地理论，怕是没几个人能说得过我，但论吵架我是真不行。我擅长从逻辑中去找到漏洞，但不擅长用逻辑去对抗无序。此时，我想起了西米从前拉着我横冲直撞的身影，莫名地有了勇气。我重重把筷子拍在桌子上，冷冷地站起来，远远指着他厉声道：“你谁呀？吧台里面堆放的都是易燃品，这是你抽烟的地方吗？”没想到的是，他怂得很，我话刚说出口，他立刻收敛了，老老实实掐了烟，但也不走，就在那干坐着，宣示着他那可怜又可笑的主权。我不禁又好气又好笑，不是一家人不进一家门，这泼皮不愧是武丝丝的弟弟，欺软怕硬，见人下菜碟有一套。

不过，一个人不可能毫无道理地撒野，必定是有人给了他撒野的底气。

如我所料，当天的晚饭时间，我便迎来了章东源的讨伐。他当着一家人的面，跟我找着由头莫名地发了一顿火，我知道这顿火是冲着他那个“野舅子”的事来的。我没有反驳，却在心里对大哥的人品有了新定论。如果之前他和小三的种种，都是道听途说，如今我却是亲眼看见了。章东源这是精虫上脑，准备置亲情于不顾了，看来武丝丝这个女人没这么简单。看她这凶悍的架势，一旦让她得逞，这个家怕是要散了。我又想起了从前的章东源，那时觉得他和善老实，处事公道。现在看他为了护着他的“真爱”，不分青红皂白，对我指指点点，暴跳如雷，丧心病狂的模样，心中万分不解，为什么短短几个月他会变成这样。后来我才明白：你不要觉得谁变了，只是他一朝得势，不想再跟你装了而已。

面对章东源翻天覆地的变化，一家人都是伤心的，家里已经没有了以往的欢声笑语，被一种悲伤压抑的气氛替代了。

对章东源的愤怒和失望，以及对大嫂的同情和怜悯，犹如密密麻麻的丝线缠绕在我心尖，让我心绪难宁。在情绪的丝线绞得我喘不过气来的时候，我想起了小时候遇到问题时，奶奶跟我说过的话："在面对问题的时候，情绪是个很坏的东西，它会让你失去理性思考的能力，或者是得出一个错误的结论。所以无论在任何境遇下，你一定要让自己的心静下来再做决定。"想到这，我豁然开朗，决定给自己放个假。于是我开车来到梅林山上的一个平台。这个平台是林馨儿还在国内的时候，我们经常和朋友一起来的地方。这个地方，总能让我回忆起曾经那段快乐的时光，而我也总能在回忆中变得放松。我遥望着灯火辉煌的N市，心中的压抑登时化作一声叹息，小家支离破碎，大家风雨飘摇，真的是内忧外患。

我靠着平台上的栏杆，任晚风吹拂，许久后，才慢慢安静了下来。在这个家生活了这么些年，面对目前家中的形势，我心里还算是有数的。按照店里面工作人员的讲述，小三跟大哥已经勾搭在一起许多年，店里面很多是婆婆老家的人，婆婆他们不可能不知道。从最近婆婆和老二老三的反应来看，他们之前应该是觉得大哥只是玩玩而已，没有想到这个女人这么凶狠，倒是有点出乎他们的意料。站在章东源的角度看，对于老二一家和章凡，他根本就不把他们放在眼里。另外从章东源对大嫂还有孩子的态度看，大哥根本就没顾及她和章子馨的感受。公公婆婆的话章东源兴许还能听进去一些，但也起不到决定性的作用。从利益角度分析，章东源一直抓着家里的财政大权，却不公开账目。而从小三和她弟弟的嚣张程度来看，小三应该是染指了财务。综观目前的局势，他们家的任何人都不会主动站出来挑明这件事，一则是念着一家人的感情，二则是他们也不知道怎么解决。

我明白，凡事不破不立。一件事如果总是在一个错误的规则中循环，问题将永远得不到解决。现如今，打破规则是势在必行了，无非是从什么方面入手，还有是谁出面的问题。

一条条线捋清楚后，我思路渐渐变得清晰：一是成立公司，股份制；二是安排家里人进入公司把控；三是财务公开。利益一旦划分，家族成员的利益得到保障，我再将商标转让到公司，这样其他的事情就好办了。而这件事，除了我怕是没人能说清楚了，对此，我的心情是复杂的，并且必将面临巨大的心理压力和人为阻力。从小到大，所有人教给我的道理都是：作为一个人，一定要有责任感、要有担当，当想带着勇气去做一件事的时候，一定要想明白有没有勇气去承担后果。

我非常清楚，我将要承担的后果是什么。正如《黑冰》中的那句经典台词：人是一个多元的复变函数，今天经受得住考验明天就有可能叛变，今天你们是政治上的盟友，明天就有可能成为战场上的仇敌。人性我懂，“木秀于林风必摧之”的道理我也懂。不管章东源以前如何，现在从他做的几件事，我已经知道他是什么样的人。一是他无德，出轨已婚女；二是他不仁，动手打原配；三是他不义，任情人欺凌家人。一个不仁不义、无德无序的人，必定有着让人防不胜防的恶毒手段。作为冲在最前面的人，章东源必定不会放过我的。我不怕他向我露出凶狠獠牙，我只是有更深的一层忧虑：须知矛盾是对立统一的，并且根据情况变化主要矛盾也会转移。危机面前，公公婆婆他们姑且站在我这边，危机过后，在公公婆婆那里又是亲情大过天，又有谁能保护我？但是现在主要矛盾还未转变，如果我不站出来，谁又能保护这个家周全？谁又能保护我孩子周全？

辗转反侧了一夜后，我约了两位嫂子和公公婆婆协商。之所以绕过老二老三兄弟俩，是因为我知道在家庭观念面前，面子和优越感是不会让他们理性思考的，就算他们来了，也只可能帮倒忙。我们妯娌三个是在一条战线的，而婆婆向来是个明白人，虽然她没说，但我明白，她心里很清楚。正如我所预料的那样，大家听了我的建议后，几乎没有考虑，便一致赞同。大家的目标很明确：不能让这个女人骑到全家人的头上作威作福，得给孩子们争取一些东西。接下来的两天，婆婆陆续说服了老二老三。章东源自知理亏，面对一家人的围堵，很快便妥协了。婆婆喜滋滋地告诉我大哥同意提议的那天晚上，我去了嫂子家。彼时婆婆正在厨房昏黄的灯光下忙碌，我看着她，心中生出来一丝说不清道不明的复杂情绪，我跟婆婆说："妈，我心里很清楚，这件事我出面做了以后，大哥肯定会恨我，但为了孩子们我不得不这么做。大哥那边我也不怕，我只是怕你们有一天，会一样恨我。”婆婆听完，放下手中的活，一脸惊讶地看着我说：“怎么可能呢？你都在说什么？这永远都是不可能的事！”

直到现在，我还能清楚地记得她说这句话时，厨房锅里红烧鳊鱼散发出的香味，还有她头上的白发在灯光下泛着的银光。

也许，在做出决定的那一刻，我就已经预见到了所有结局，所以才会在那个时候，跟婆婆说这些话，在相对美好的时光里，提前和她告别。

为防止情况有变，我迅速在工商局准备好了资料，并让章凡约大家签字。签完字的那天下午，我在去店里面拿东西的时候，遇到了武丝丝，她正和一个门店的店长站在门口聊天，看到我也没有打招呼，只是冷冷地盯着我，脸上尽是阴狠之色，跟章东源怒视我的时候一模一样。我知道，这梁子算是结下了。

家里正进行着翻天覆地的变革，知识产权公司那边也是风波不断。小房告诉我，因为对方的商标注册下来已经超过十年，国家有政策，持有超过十年的商标，国家会对他们进行保护。听到这我心一沉，本来希望就很渺茫，现在更是雪上加霜了。我想了想问他：“要是能证明这个商标N市使用得比S市早，有用吗？”小房说可以，不过需要找到历史资料。

就这样，原本我只是想稳定家业，现在事情的性质却是上升到了两座城市的商标之战。而我，因为见过N市老百姓对这个商标的感情，他们对“福民”的那份深沉的爱与炙热，深深打动了我，令我心中多了一份责任和使命感，也有了更多的力量。我在心中暗暗发誓：我一定要将这个商标名正言顺地带回 N 市。

为了尽快找到资料，我在托人多方打听过后，得知了 N 市老字号的资料基本被存放在档案馆。 N 市有多家档案馆，分别为：区档案馆、市档案馆，还有省档案馆。朋友告诉我 N 市新建的档案馆，有着巨大的储存空间，资料比较全面，在那能找到的概率比较大。不过我要去的话需要带介绍信，才能有查找的权限。

十月初， N 市依旧被骄阳笼罩着，丝毫没有入秋的迹象。当我在一个晌午带着一张协会帮忙开的介绍信，来到 N 市档案馆时，发现这个新建的馆像一个天然的冰窖，进去后温度比外面低好多，十分凉爽。因为建筑面积太大，我在里面绕了很久才找到办事大厅。此时的大厅里稀稀拉拉坐着不少正在翻阅资料的人，其中老年人居多，办事大厅的前台坐着几个西装革履的办事员。当我递上介绍信表明来意后，接待我的小伙子默默打量了我一眼，给我递上一个登记本说道：“最近很奇怪，这两个星期过来查‘福民汤包’历史记录的人很多，这个字号以前从来没有人查过。”我听完心里一惊，急切地问他：“好几拨人吗？他们找到资料了吗？”他看上去有些不苟言笑，面无表情地说道：“最近来了三拨人，时间最接近的一拨是两天前，来了两个小伙子。只是这个字号很奇怪，我们的数据库里检索不到它的任何资料，所有来的人也没有拿到任何资料。”

小伙子的一句话，听得我心情跌宕起伏，庆幸别人没拿到资料的同时，明白了自己也查不到任何资料。但我不死心，跟小伙子说：“这个字号在 N 市有着悠久的历史，不可能什么都没有留下，能不能请你帮我再找一下。”小伙子非常耐心，他说：“现在的信息都已经录入系统，不可能有遗漏，所以再找也是浪费时间，不过我可以帮你再检索一遍，你自己看一眼。”说罢，他便对着电脑开始操作。我在跟他说话的时候，偷偷将手中厚厚的到访记录本往前翻看，寻找另外几组人的到访记录。小伙子的话点醒了我，我只关注流程之内的问题，没有去额外关注目前的竞争对手。幸运的是，因为时间比较接近，所以我很快翻阅到了另外三家的到访记录，并且在将名字速记在大脑里后，我悄悄地把到访记录本放了回去。小伙子将电脑翻转，我看着电脑上检索的空白信息，虽然早有预料，但还是忍不住失望，不甘心地说了一句：“几十年历史的东西，怎么会一点痕迹都不留下呢？”小伙子看着我说道：“在历史的尘烟里，一个小小的字号本身就是沧海一粟，没有留下痕迹很正常，不过你可以再去别的档案馆找找。”

我是带着失望而又焦急的心情出的档案馆。我把到访公司的名字写在纸条上。看着手中纸条上几家公司的名字，我意识到了这一次有多艰难。因为这三家到访的公司，除了一家以个人的名义到访，不确定其具体身份之外，其余两家公司我都略有耳闻。其中的“元烨集团”，他们的董事长林齐在 N 市小有名气，背景和实力都非常雄厚。另外一家公司经办人的名字，正是我们的一个加盟商，这个加盟商涉足的领域比较多，财力雄厚。关键是，两家公司都有自己的法律团队。另外，我要撤销的“福民”商标，目前属于S市老牌餐饮集团“谈月楼”，实力也不容小觑。这是目前我所知道的实力最雄厚的三个对手，而那些隐藏的对手，更是不知其数。

欲思其利，必虑其害。欲思其成，必虑其败。

在梳理了已知对手的信息后，我陷入了深深的担忧。因为论财力、论经验、论背景，我和他们根本没有可比性，若是按照常理去思考，我根本就是在以卵击石。可是想想我可爱的、幼小的女儿，想想家里面的孩子们，想想这座城中人们的热爱，我心中又生出了坚定的信心，就算有万分之一的机会，我也会拼尽全力去试一试。

当一个人有着非凡信念的话，那他本身就是千军万马。

第六章

蛰伏

我没有特权，也没有雄厚的资金，“信念”是我前行的唯一动力。

时间的紧迫和责任感，在不断催促着我，我感觉自己进入了一个封闭的空间，每天大脑都被密密麻麻的文字填满。我在日常生活中，做饭、工作、吃饭、接送孩子的时候，大脑并没有停止工作。在异常的专注中，所有的日常行为，便成了一种机械般的本能。我面临的每一个问题，像一棵盘根错节，却又脉络清晰的大树，它们在我的意识之中不断地壮大、成熟。它鲜明地扎根在我的脑海里，每一个问题所延伸出的细碎，就像是枝丫上重叠着的叶片，纷繁复杂，待人深究。巨大的工作量和压力，让我一度感到异常疲惫，但我从没想过退却。在我拼尽全力的时候，章凡几乎很少回家，我一个人承担了所有的焦虑。面对重重压力，我宣泄的方式，就是在孩子睡着后，给自己十分钟左右的时间大哭一场，或者是让大嫂帮我看孩子，我边开车边听着午夜电台的音乐，在城市绕行一小会儿放空自己。仿佛只有那短时间的松懈，我才记得自己是个女人，其他时间我都是一个身披铠甲的战士。

坚定的信念，让我奇迹般地拥有了莫名的好运。机缘巧合之下，我遇到了一个人。一天中午，当我在图文社打印资料时，接到了家附近一个店收银员的电话，她说她突然不舒服，让我帮一下她。在我到了店里十分钟左右的样子，一个人出现在我的面前，而这个人的出现，对后来的商标之战，以及“福民汤包”老字号的认定，起到了关键性的作用。说到这个人，我首先要感谢的是他长相温润甜美的妻子，因为如果没有她的出现，我会错失一个巨大的机会，将贵人拒之门外。对此，我对“人不可貌相”这句话，有了更深刻的领悟。

我巧遇的人叫赵钧，他在和我相处熟了后，总是喜欢嘲笑自己长得像“光头强”。我觉得他对自己的长相总结得很到位，因为那天他出现在我面前，并自来熟地跟我絮叨“老字号”“申报”“资料”这些东西的时候，本身就身处警戒状态的我，对面前这位长相和“光头强”有七分相似的光头，产生了深深的警惕情绪，因为他看上去不像个好人。而他絮叨了半天，看我没有反应，正悻悻然准备转身离开的时候，一个留着齐耳短发，圆脸大眼的女子走了过来。她兴许是听到了一部分光头男和我说话的内容，上来劈头盖脸地对光头男就是一顿呵斥：“一天到晚就知道工作，出来吃个东西你也谈工作。”光头男咧开嘴一笑，对着女子说道：“老婆脾气可真大。”我一看这架势，便明白自己误会别人了，赶忙主动上前打招呼，并送上了饮料表示歉意。

这位赵钧正是负责区老字号恢复工作的，在我俩详细沟通后，他建议我立刻着手老字号恢复的资料准备，这样就能赶上明年四月份的申报。面对这个重要的机遇，我毫不犹豫地答应了，并着手准备对接工作。在对接工作中，我发现在赵钧给的表格中，很多内容和商标撤销使用的资料，有部分是相同的。我在准备资料的同时，向商标公司的小房做了咨询，如果恢复了老字号，并以此作为证据证明“福民汤包”在N市的使用年限，那么在专家评审过程中，会不会更有说服力？小房非常肯定地告诉我，如果能恢复老字号，将会更有力地证明这个商标在N市出现的时间比S市早，所以这将会是一个非常有力的证据。在听到小房肯定的答复后，我坚定了信心，开始着手从两方面准备资料。

现在回头去看，那是一段多么疯狂的岁月，我的心思每时每刻都扑在上面，我已经不再去想对手有多强大，也不去想结果是输还是赢，只是没日没夜地挖掘着每一种可能，拼命地向前奔跑。事实证明，当人的精神处于高度集中时，身体的感触能力以及灵敏度都会降到最低。我经常在晚上洗澡的时候发现手上的伤口，或者是手臂上有大片的青紫，往往在惊讶很久后，才能想起来到底是切菜的时候不小心被划伤的，还是着急办事，关车门时安全带挂在手臂上，被车门夹伤的。我的饮食也变得无比粗糙，甚至会懊恼吃饭太耽误时间。我想，那段时间我是邋遢的，因为早晨只有七八分钟刷牙、洗脸、梳头、穿衣服的时间。而往往这些时间，我的大脑还一心二用，在想着别的事。

在巨大的压力和身体极度的劳累下，我有时候会稍作停顿，让自己喘口气。往往这个时候我会回忆起和发小还有西米在一起度过的快乐时光。人们总在说用童年治愈一生，是的，童年快乐的时光就像是封存在记忆中的一块块麦芽糖，每当我们觉得苦的时候，就拿出一颗满含回忆的麦芽糖，让它在嘴里慢慢融化，最后化成了眼角的那一抹笑，化成了我们心里的那一丝甜，最终成为支撑自己向前的力。

面对机遇，每晚孩子睡着后，我都在挑灯夜战。大嫂的事情，我有时候也会想起，虽然心疼，却无暇顾及，我已经很久没有见到她了。有一天深夜，我正在电脑前奋战，突然接到了大嫂和二嫂的电话，她们说要到我家坐会儿，我明白这是有要事商量，便答应了。她们来了后，告诉了我小三给婆婆送衣服，上门逼宫的消息。我诧异于小三如此嚣张的同时，也对一家人的态度产生了好奇。

我问大嫂："妈这件事怎么处理的?"

大嫂说："妈没收，让她不要再到家里面来，她说想买衣服自己家媳妇会买。爸好像很生气，拉着脸不说话。"

我说："老二老三知道吗? "

二嫂拉着脸说："怎么不知道，知道了又能怎么样，就在那笑。"

我听完问大嫂："你怎么想? "

大嫂看上去很落寞，垂着头说："我想离婚。"

大嫂话音刚落，二嫂就情绪激动地跟我说："你看你看，我就怕她这样想，幸亏我多了个心眼问了一下。"

我看着大嫂问："你想过孩子吗？现在子馨都这么大了，你要是离婚了，子馨得受多大打击。再说了你就这么离婚，给那个女人腾位子，你自己觉得窝囊吗？"

大嫂此时已经泣不成声："那我能怎么办？我太难受了。他现在也不回来住，就算回来了也冷着脸不理我，有次在楼梯遇到我爸妈都不喊他们。家里那时候做生意钱不够的时候，是我爸妈心疼这个女婿，看在他的面子上，把买房子的钱借给他们家的，虽然说家里给了利息，但这些钱要是那时候买房子的话，早就翻好几倍了。他给小三大把花钱，平时每个月就只肯给我五千生活费，他做得太绝，太伤人心了。"

二嫂听完冷冷地说："就因为他做得绝，你才不能怂，我们刚结婚那会儿苦日子怎么过的你忘啦？一家人熬到现在，日子稍微好过点，你就要离婚，你是不是头脑不好，你就给我好好占着这个坑，急死他们。"

我也赞同二嫂的说法，对大嫂进行劝解："二嫂说得对，你不为自己想，也要为孩子着想，大哥的事已经给了孩子这么大打击，你不能在这个时候有离婚的想法，你要是离了子馨这辈子就都毁了。大哥冷落你，他的目的就是要你熬不住先提出来，你要是打定了主意不离婚，急的可就是那个恶妇了！"

本来情绪激动的大嫂，在我和二嫂你一言我一语的劝导下，终于答应不再提离婚这件事。在送走大嫂后，二嫂又折返了回来，她悄悄告诉我，现在章东源每天都在家里给他们一家五口洗脑。还有，她从材料商那得到的消息，证实了账目就在小三手里。二嫂问我："要不要让大嫂把她打一顿。"二嫂是那种典型的小女人，凡事算计得厉害，平时不损害她利益的事，她绝不多一句话。看她这样子，这次应该也是被逼急了。

我听完思考了一下，告诉二嫂："小三上门送妈衣服，说明她已经按捺不住了，不如等等，看下面她有什么小动作。"

二嫂又跟我抱怨了一番后便回了家。我和二嫂说等等看，是出于三方面考虑：一是我手里的事比较重要，脱不开身；二是我想看看，这个女人的手段究竟能有多厉害；三是在这个家，媳妇的话向来是耳旁风。

嫂子们知道得再多，说给他们家听了也不会有用，倒不如让小三自己露出马脚，让他们亲眼去看。再者，看小三现在这副迫不及待的样子，只要大嫂按兵不动，她必定有所动作。

让我想到这个办法的正是无意中在《鬼谷子》一书中看到的一句"故去之者从之，从之者乘之"。大意是：要想除掉一个人，应当容忍他的过失，放纵他的罪行，任他胡作非为，等到时机成熟后，再一举将他消灭。而这句话在西方，也有相同的陈述，那便是"上帝欲其灭亡，必先令其疯狂"。至于这句话是谁说的，有很多版本，有人说是古希腊悲剧作家欧底庇德斯，也有人说是出自莎士比亚的《麦克白》。不过，不管是谁说的，能让天下人都推崇的道理，必定是不会错的，这么做无非是得沉得下心，耐得过一个“忍”字。

在忙碌中，时间很快来到了年底，在临近春节还有一个多月的时候，商标的事情慢慢有了进展。商标总局对照我的撤销申请，按照程序发函，让S市“福民”商标事务所配合提供使用证据的资料，很快对方的商标事务所便向商标总局提交了资料。小房不久后将对方提供的资料发了一张图片给我。看到里面的内容后，我以为是网络出了问题，其余内容没收到。在经过核实，确定只有一张纸的时候，我惊诧于对方竟然如此儿戏、如此草率的同时，内心一阵狂喜。对方提供的证据，内容竟然只有一张纸，而且上面有限的需要手动填写的空当处，有很多涂抹的痕迹，整张纸的内容不仅非常的漫不经心，而且非常粗糙，他们甚至在填写商标名字的时候，把“福民”两个字都漏掉了，最后用的是“添加符号”增改上去的。看到资料后，我紧绷的神经终于松弛了下来，因为对方提供的粗糙且毫无说服力的证据，让我的胜率提高到了90%。对我来说，这意味着，只要一个月后，我注册的商标前面没有别人，这场仗打赢的可能性就很高了。但我也明白，对方绝对不会轻易放弃，这其中必定还会有很多回合的拉扯。为此，我一定要努力找到N市先使用的证据，先恢复老字号，等到后面我们提供证据的环节，拿出强而有力的证据，一举将对方打败。

这一环节的取胜，终于让我有时间喘口气，开始挤出时间关注女儿。对于女儿我一直是心存愧疚的，因为她的父亲几乎不怎么陪伴她，而忙碌的我，对她的陪伴也减少了很多。于是，我利用歇下来的时间，开始参与了学校家长的聚会，增加了她与同学们互动的时间。在这个过程中，我认识了很多优秀的爸爸妈妈，他们普遍素质都很高，而且兴趣广泛，我们有着很多的共同话题。不得不说，和同频的人相处，心情会非常愉快。慢慢地，我们在孩子上学的时间，也会抽空约着吃吃饭聊聊天，和她们在一起的时间，我得到了很好的放松。

一个家，如果有太多不能言说的愤怒和秘密，那么久而久之，这些积怨就会演化成一座座沉默的山丘，横亘在家族成员之间，阻隔了爱与亲情。

自从“小三”事件后，章东源一改以往温和的形象，连装都懒得装了，在一家人面前永远是一副冷漠傲气、目中无人的样子，说话都是用鼻子在发音，感觉他跟你说话都是不情不愿，浪费他时间一样。为了避免碰到他，我和二嫂都减少了去婆婆那里吃饭的时间。虽然平时可以避免，但是随着春节的来临，碰面在所难免。因为这个大家族在春节必定要回老家聚会，大年三十这天必定齐聚一堂。

我和章凡结婚后，不管对他有多少怨言，但是每年大年三十和初一，我都会遵循他们家的传统在他老家过。因为他家常年在外做生意，本来就不大的村子，大多数人都和这个家族有着利益往来。有的跟在二叔后面做工程，有的在家中店里打工，村子里也有不少人向家里借了钱，所以过年回老家时，会有不少人过来帮忙打下手，厨房不需要我们媳妇帮忙，我们只需要带好孩子，处理好人际关系就行。

在这个家族中，爷爷奶奶一辈的长辈，都是温和而慈祥的，对儿女、对孙辈、对我们都好，不存在区别对待。我在婚后，和家族中的大多数成员相处得都很好，特别是老人和孩子。基本上一到暑假，家族里的孩子们都会聚到我家，我从不约束他们，他们怎么舒服怎么来，所以一到暑假，我家床上、沙发上全是孩子。于我而言，我很享受这种时光，看着他们在眼皮底下慢慢长大，感觉还是很幸福的。再者，一个家族只有孩子们的关系和睦团结，这个家族的未来才有希望。

不过，凡事不可能十全十美，也有一个例外——舅爷家的姑姑元莉，从第一次见面开始，喊她，她要不装听不见，要不斜着眼瞟一下，鼻子里哼一声算是答应，看上去无礼又傲慢。开始我也是一脸蒙，不明白为什么。后来大嫂告诉我，章凡众多前女友中的一个，是这个姑姑的朋友，名叫齐慧，据说是东航的空姐，两人之前感情很好，家人都以为他们会结婚，结果突然分手了。我知道缘由后，一头雾水，不知道这位姑姑是用什么样的逻辑去看待这件事的，为什么把这笔账算我头上，因为我认识章凡的时候，他们已经分手两年多了。对于这些不合情理，毫无逻辑的东西，我是不会让自己纠结太久的。想明白后我就心安理得了，见着那位姑姑，我便不冷不热喊一声，毕竟喊不喊是我的事，答不答应那是她的事，我不能变得和她一样无理。

大年三十这天，好的、不好的，想见的、不想见的，最后都会齐聚一堂。

受章东源事件的影响，今年过年的气氛有些诡异，除了特别小不懂事的孩子里里外外闹着玩之外，其余的人都是一副心知肚明，却又闭口不言的样子。开心是开心不起来的，但毕竟是过年，大家也不能做得太难看，便三五成群围在一起，边说着无关痛痒的话边嗑瓜子，于是这一年的瓜子消耗特别多，地上铺满了斑驳凌乱的瓜子壳，踩上去“咯吱”作响。面对大家的别扭，始作俑者章东源还是一副毫不羞愧、毫不悔改、高高在上的样子，就好像错的是我们，而不是他。我不知道他到底哪里来的自信和底气，竟然能如此翻脸无情、绝情弃义、理直气壮地将胳膊肘往外拐？不过他今年倒是没有像往年一样在老家住两天，而是在大年三十的晚饭结束没有多久，便借口店里面有事先离开了。

看着他离开的背影，公公婆婆都叹了口气，而落寞的大嫂，看着远去的车子说道：“他这是要去那个女人家拜年了。”

二嫂冷冷地说：“去又怎么样，你要是什么时候能硬气一点，去打她一顿也不至于这样。”

我在后面恨恨地接了一句：“要是有机会，记得照着那张脸、那张大嘴使劲打。”

说这样的话不是我恶毒，而是这个女人已经成了全家的公敌。

如我所预料的那样，这个武丝丝逼宫不成，就开始联合章东源对我们一家人进行打压，她用各种方式向我们宣示着她的主权，不时在我们面前炫耀章东源给她买的名表，炫耀她的黄金钻石首饰，炫耀她最新的手机。在送来的票据文件袋上，故意密密地缠绕上她染色过的黄头发。有时候碰到我后，会故意地问我某顶级护肤品的价格怎么样？哪能打折？我能从她眼中的得意知道她的目的，但我还是客气地告诉她："我不知道啊，不过我可以帮你打听。"我在不反抗的同时，继续纵容着她的放肆。当然她的所作所为少不了章东源在背后撑腰。

最可恨的一次是在她生日这天，章东源安排了几个大店的店长休假，让我们自己一家人顶班，他则订了一个包间带着店长陪她过生日。另一次是在一个繁忙的礼拜天，他故意安排了不少人休假，让我们自己家人顶班，老二、老三一天要站十二小时安排上菜，而我要在吧台值守十二小时，胳膊需要抬十二小时点单，最后老二脚上磨了几个泡，我的胳膊酸得抬不起来了。本来这件事家里面人也没有怨言，但武丝丝在事后故意发了朋友圈炫耀，被来自老家的服务员第一时间截图发给了我们。

老二、老三在这两件事后，也变得心灰意冷，寒了心，一改以往对章东源言听计从的态度，开始有了想法。我想这就是武丝丝愚蠢的地方，打压导致的结果是：原本态度模糊不清的老二和老三，迅速加入了我们的阵营，而婆婆和公公更是对她恨得咬牙切齿。要知道这个家族是一起苦过来的，大家平时的生活都很简朴，除了家中办事的时候，会为了面子铺张浪费一些，别的时候绝不会铺张浪费。老话说得好，“多行不义必自毙”，武丝丝的做法绝对是自寻死路。

一个年，大家各怀心思，所以都没有在老家逗留很久，各自早早回了城。

新年新气象！过完年后上班的一天，我便得到了好消息，接到了期盼已久的小房电话，他告诉我商标总局的电脑系统已经恢复正常，能正常查询，而我的第四十三类“福民”商标，排在注册人的第一个，这也就意味着，结合上一步他们提供证据的失策，我的胜率又增大了，只要顺利恢复老字号，这件事便有了100％的胜率。

对我来说，这个消息，如同狂风大浪后，海面升出的太阳，带着生生不息的希望。

第七章

初心

过完年后，也许是过年大家的反应让章东源不顺心，他见到我们都是一副恶狠狠的模样，说话也是阴阳怪气。而武丝丝也是摆出了一副高高在上，你们能奈我何的模样。与此同时，章凡也没闲着，醉酒、夜不归宿、用金钱笼络孩子。好好的家，被他们搅得乌烟瘴气。而我看着这个越发支离破碎冰冷冷的家，心中伤感疲惫不已。

不久后的早晨，我到办公室后，打开抽屉，拿出两本厚厚的文件，一本是证据链，一本是申报老字号需要的文件。我感慨万千地抚摸着两本厚厚的文件，看着我为这一家呕心沥血努力的成果，想着章东源和武丝丝的所作所为，心中万分沮丧，充满了疑问。就在这时，西米发来了微信。她发了三个字："你在哪？"

看到这三个字，我有种预感，她回国了，我迅速回了她两个字："N 市。"发完后我紧紧盯着屏幕。

"中午十一点到 N 市，准备接驾。"看到西米回的信息，我兴奋地跳了起来，我已经快三年没见到她了。

放下手中的文件，我看了看时间：八点十分，我还有时间回去梳妆打扮一下。当我回到家看着镜中发型凌乱、衣着随便的自己，迅速打开衣橱开始整理。可我憔悴的面容，让我无论怎么打扮，也找不到自己想要的感觉，只能随便套了件看着觉得还行的大衣，出了门，早早地赶去火车站。

见想见的人，就连等待的时间都是幸福的。

我至今都觉得，认识西米是我一辈子的幸运。那是八岁那一年的暑假，在亲戚家的我，因为好奇爬到了院子里的香樟树上，就在我好奇地东张西望时，一个清脆的童音，拖着长长的尾音，从我左后方的位置突兀地响起，“咦！”我惊讶地回头张望，只见一个女孩穿着熊猫图案睡衣，留着短发，看上去白白胖胖、长得非常结实、有点像假小子，正站在隔壁院子的香樟树下看着我。这时我才发现，隔壁院子里有一棵差不多大的香樟树，而站在树下的小女孩跟我的年纪差不多大。她有着奶白色的皮肤、圆润的脸庞、红润的嘴唇。她的眼睛不算大，但非常清亮。此时她正在用她那清亮的眼睛好奇地看着我，手里还抓着一只拼命挣扎的大蚂蚱。看到蚂蚱我有了一种遇到同道中人的感觉，顿时对她心生好感。我朝她挥了挥手，给了她一个无比真诚的笑，而她也挥舞着那只可怜的蚂蚱，回复了我一个甜甜的笑，随后她被一位个子很高，长得非常精神，走路带风的爷爷带出了门。

那是我第一次和她见面，那一面之后我们便成了死党。一直到现在，我们俩无论是当初分隔两地，还是如今她远渡重洋，我们的感情都不曾因为地理上的隔阂而有丝毫的改变。西米的父亲是西家三代单传的男丁，母亲徐娇娇跟西米父亲结婚时，两人都是比较时髦的丁克一族，西米是在双方老人望穿秋水之下才盼来的。听西米母亲徐娇娇说，生西米那天，七大姑八大姨挤满了医院走廊，护士赶了几次都没能把人赶走。西米被抱出来的时候，走廊上响起一片掌声和欢呼声，别的孩子出生那叫“出生”，西米这叫“闪亮登场”。平常人家，一个孩子一家子宠，西米家是两个大家族一起宠，她从小就是在爷爷和外公的脖子上长大的。人家生个娃是带孩子带得腰酸背疼，徐娇娇是除了喂奶能落着抱，其他时候都落不着抱。在长辈们无法无天的宠溺下，西米的性格特别像男孩子，虎里虎气不说，还十分霸道。人家小女孩喜欢芭比娃娃，她却喜欢手枪、奥特曼。别的小女孩喜欢连衣裙，她偏喜欢迷彩服；别的小女孩留长发、扎头花，西米就喜欢短头发。到公园玩攀爬架，她嫌前面的一个男孩爬得慢，爬到前面，一脚把人家踹下去了。

西米在长辈们的宠溺下，性格开朗而又果断。我和西米就像是性格极端互补的两个人，她身上有我缺少的果敢，我身上有她没有的细腻。她总是在我有些胆怯犹豫着要不要去做一件事的时候，拉着我就上，根本就不给我考虑的机会。而我会在她偶尔鲁莽的时候拉住她，分析利弊给她听。可以说，她的性格对我影响很大，是我生命中的“小太阳”。同时，在我人生中面临很多抉择时，她给了我坚定的力量。

也许是自幼一起长大的原因，我和西米成年后，也总能很自然地在对方面前袒露自己最幼稚的那面。记得二十一岁那年，我们俩硬生生地蹲在西湖边的草地上，认真地喂蚂蚁喂了快半个钟头。那长长的蚂蚁队伍，异常壮观，等小蚂蚁们欢天喜地扛着面包回家，而我们双脚麻木地站起来的时候，发现旁边或近或远地站着不少看我们的人。估计他们在看我们俩是不是有点傻，而我们丝毫不介意他们的围观，不慌不忙地起身离开。对我们来说，我们只是在做一件小时候经常做的事而已，小时候能做的，为什么长大了不可以做？她是能让我敢于做自己的那个人。

而在我童年所有的玩伴中，只有西米能给我带来这种感觉。其他的小伙伴，虽然感情也很好，但她们感觉已经被生活磨砺成了真正的大人，她们会陪我谈天说地，但并不会陪我发疯。这个世界上，能让你回忆起童年的人也许有很多，但能让你长大了还能做个孩子的人并不多，我很幸运。

等待是幸福的，回忆也是幸福的。

当身材高挑，身着黑色羊绒长大衣，留着长卷发，一脸御姐范的西米出现在视线内时，我兴奋地朝她挥动双手。

她看到我后，不急不慌地踩着小碎步走到我跟前，一把捏着我的腮帮子很仔细地瞅了瞅说："怎么变丑啦？"

我早就习惯了她的作风，问她："回国怎么不说？"

西米嬉皮笑脸地说："想给你个惊喜，开心不？我想吃汤包、烤鸭、小元宵、馄饨，还有麻辣火锅。”

我们就像昨天才见过一样，一路嬉笑着聊着天，她的性格一点没变，跟我说起自己的事，都是调侃，一点都不含糊。她说这次回来是因为徐娇娇生气不理她了，为了生孩子的事。我听完无比惊讶：“你什么时候结婚啦？”

西米斜靠在副驾驶，一脸慵懒地说道：“干吗想不开结婚啊，徐娇娇是看我这么大还没结婚的心思，想让我冻卵，怕西家绝了后，毕竟有那么多财产要继承呢！”听西米这么说，我倒是理解的，这一看就是徐娇娇的作风。

在饭店坐下等菜的空隙，西米玩着手中的筷子，看似无心地问道：“你老公是不是待你不好？”我刚想着怎么回她，她瞪我一眼说：“别想着怎么撒谎了，脸上都写着呢，林馨儿和姨婆那你说好听点我理解，我这儿，你就不要藏着掖着了。”我听完还是不想承认：“你这是从哪看出来啦？”

她斜了我一眼，从她的包里掏出一个粉盒，“啪”地打开，用镜子照着我的脸说：“你自己看看，自己有多憔悴，你知道你自己以前的皮肤吧，零毛孔，白花花，那叫一个水灵，我都羡慕死了，现在黑得咧……再看看你的眼睛，以前徐娇娇都说你眼里的灵气都快溢出来了，现在呢，就跟干巴的水潭一样。”

西米说完，我愣了一下，看着镜子中满脸疲惫的自己，心中一片迷茫，我似乎真的已经忘记自己以前的样子了。我看着一脸认真的西米，无可奈何地选择了坦白，因为我们从认识那一天起，似乎就没能在对方面前撒谎成功过，我说："我嫁了个坏人。"西米还是一脸认真："有多坏？"

此时的桌上，菜已经陆陆续续上来，我便把婚后的来龙去脉跟她一一说了。西米听完"啪"地把筷子拍在了桌子上，瞪着眼睛问我："苏蓁，你想什么呢？就这样你还不离婚，你是准备给他折磨一辈子吗？你以前那么冰雪聪明的一个人，现在怎么就这么糊涂啦？"

我听完看着西米，忍不住笑出来声。她一看我笑更来火了，还准备说。我拉着她衣服袖子说："你先好好吃饭，要离婚也是吃完之后的事。"她刚拿起筷子，又忍不住愤愤地说："告诉那个不知天高地厚的东西，咱也是有娘家的人。"

看着眼前愤愤不平的西米，我不禁又想到她小时候的样子，这表情和动作是一点没变，倒是我改变了太多。

西米因为回国时间短，匆忙见面后，喝了下午茶，便要回上海。临走前，她把拖过来的大箱子打开了，指着箱子里面各种护肤品、玩具，还有包包跟我说："喏，这里面有我带给你的，有徐娇娇给你的，还有的是给我家小侄女的。"然后又从箱子隔层掏出两个首饰盒递给我说："这是林馨儿让我带给你的，一个玉坠，一根手链，她说看你平时发照片，身上也没个首饰，让我带给你。"听到西米的话，我心里又好笑又感动，眼泪却已经忍不住先流下来了，林馨儿大概是忘了我们在一起败家的那些首饰了，我是太忙根本没有时间戴。

西米一脸嫌弃地盯着我说："别哭啊，本来就变丑啦，一哭更丑了。"我擦着眼泪问西米："馨儿她们都还好吗？"西米说道："她好得很呢，我都羡慕她。"

她又从包里掏出餐巾纸递给我，说："蓁蓁，我们一起长大，小的时候，我在想，以后什么样的人才会配得上这么美好的你，现在这个人不适合你。人的一辈子很短的，你不能让自己不开心一辈子。你好好考虑，有什么困难还有林馨儿和我呢！再不济还有徐娇娇呢，她可是大富婆，我们一起面对。"本来还在哭的我，给她一下逗乐了。

回到家后，我翻箱倒柜地找出了结婚前的照片，看着照片中娇俏可爱的自己，我的心一片默然，在这场冷漠而无情的婚姻中，我真的已经忘了自己曾经的样子了。

我在恍惚和思索中度过了一下午，晚上接女儿的时候，看着远远地跑过来的小人儿，看着她那张白白嫩嫩肉乎乎，开开心心的小脸，一瞬间，心中所有的思虑烟消云散，我似乎找到了答案。虽然答案一直在我心中，但今天，答案是那么清晰明朗。不管我给了自己多少理由，但我明白自己所有的忍耐与坚持，所承受的背叛与羞辱，都是为了保护她。哪怕是付出生命的代价，也要守护的，我的女儿！

西米的出现，如同一面镜子，让我照见了过去的自己，照见了自己的骄傲，照见了自己的尊严，照见了自己的美好，也照见了自己的心。

第八章

寻找

坚定了自己的信心，接下来的时间，我又开始了寻找证据的征程，面对新的申报文件，我决定将N市档案馆再查找一遍。不知道为什么，第六感告诉我，里面有我要的东西，所以决定再好好找一下。

我让朋友托人一次性开了几封介绍信，准备长期战斗。当我带着介绍信又来到N市档案馆时，巧的是，接待我的还是那位小伙子，他一眼就认出了我，他把登记本递给我的时候问道："这次还是查'福民汤包'？"我很坚定地点点头，他两手一摊，一脸无奈地看着我说："是真的没有，要是有我不可能不给你。"我一脸讨好地看着他说："有没有可能，存放着别的资料？"小伙子看着我无奈地摇摇头说："老字号留存的资料一般有：营业执照、法人身份证明、票据、书籍记载等。但不管用什么形式留存，我的电脑中都会检索到，因为我们档案馆里所有的文件都已经数字化。"我还是不想放弃，挤出笑脸问他："有没有可能在同年代的书里面有记载？”

年轻人还是一脸无奈地看着我，估计他觉得他如果什么都不做我是不会走的，便站起来说道：“有一本1958年的《N市食品汇编》我拿给你找找看。”说罢他站起身走向了文件存放室。

几分钟后，他推着一辆小推车走了过来，推车的篮子里码着不少文件。他从里面拿出一本比新华字典稍微大一些，红色封面的书籍，在登记后给了我。那时候我还不能确认“福民汤包”的起始年份，只是从一些信息中得知大概是“1957—1959年”。我满怀希望地抱着书找了个空位便开始耐心阅读。几十年的书籍，书页都已经泛黄，翻页的时候需要小心翼翼，还好我从小看书就快，两小时后，我已经确认这本书没有我要找的内容。我失望地把书还给了那位小伙子，然后把眼光投向了他们的藏书室，用行动告诉他：我还不死心。小伙子被我弄得有点哭笑不得，他指着隔壁的一个藏书室说：“你自己去那找找吧，说不定在某本书里面有记载。”我如愿以偿地来到藏书室，看着一屋子的书，内心又燃起了希望。是的，乐观的孩子就是有这个好处，总能在气馁的时候给自己制造无数的希望。

当我后面连着十几天都出现在档案馆藏书室时，我和档案馆的小伙子已经不需要用语言交流了，因为藏书室不需要登记，我们会远远对视一眼，他用微挑的眉毛告诉我：“你怎么又来了？”而我强颜欢笑的脸告诉他：“嘿嘿，我又来了。”

也许是档案馆才盖没有多久，面积大，人少的缘故，我感觉里面特别冷，在档案馆的十几天，我大部分时间都在感冒低烧流鼻涕的状态中度过。为了不影响寻找的进度，我只能不顾形象，用卷纸堵住鼻孔。可惜的是，我找到了无数老字号的记载，却连“福民汤包”几个字都没有看到。也许是我的努力感动了上苍，也许是我的疯狂让档案馆的工作人员动了恻隐之心。在一个平常的下午，档案馆的小伙子让我到前台去一下。我以为是他找到资料，欣喜若狂地跟了过去，此时的前台站了好几个西装革履的人，大家都用一种好奇、疑惑的眼神看着我，我意识到不对，赶紧将鼻孔的两团纸拿了下来。小伙子指着一位面相儒雅的男士跟我说：“这是我的领导，他想问一下你找‘福民汤包’的资料是做什么用的。”我跟他点头问候后告诉他：“是恢复老字号用的，想找能证明使用年限的证据。”这位和蔼的领导微笑着说：“我以前负责过老字号这一块，如果你知道大概年限，可以去 N 市图书馆找那个年代的报纸，可能性会比较大，证据也会比较有说服力。另外如果你知道最早的那家店的地址在什么区，可以着重去找那个区的档案馆。”

当我千恩万谢走出档案馆门的那一瞬间，冬日的暖阳洒在了我的身上，这一刻，我无限感恩着生命的神奇，商标事务所的小房、负责老字号恢复的赵钧、档案馆的那位不知名的领导，他们就像是我迷航时，突然出现在我生命中的一座灯塔，指引着我前行的方向，让我不至于迷失在茫茫的大海之中。

“元烨集团”购买商标的消息，我是从章凡嘴里得知的。对于“元烨集团”的做法，我并不意外，因为他们旗下的一个餐饮连锁正打着“福民”的牌子卖汤包，而且他们和爆出“正宗‘福民’商标在S市，N市不正宗”那条新闻的报社，有着千丝万缕的联系，而我之所以能关注到这一点，是因为在知道他们是竞争对手后，我一直在默默关注他们的动向，偶尔也会跟别人打听，所以得到了不少信息。章凡看上去很头疼，一直在唉声叹气，而我并不准备说出来我做了什么，因为之前和他们说这件事的时候，他们恶劣的态度还印在我的脑海，我已经厌倦了他们的刚愎自用，厌倦了他们的自傲和无知。所以，我准备静观其变。

作为最后的觉醒者，醒悟对他们来说，便代表着机遇已经丧失。

接下来的几天，家里的气氛都是凝重的，他们不时聚在一起商量对策。而我没有被他们影响，去了“福民汤包”旧址所在的区档案馆，还有省档案馆。去区档案馆的时候，我是满含希望去的，因为毕竟是老店所在的区，我觉得肯定会留下些什么。可我到了后，才发现事实和想象中相差太多。区档案馆面积很小，里面只有一位员工，一位看上去非常普通的中年妇女，正坐在前台专心地打着毛衣。要不是门头上写着“档案馆”几个字，我都怀疑我来到了一个小卖部。

我跟她打完招呼后，她不情愿地抬了一下眼皮，勉强看了我一眼，问我做什么。当我说明来意后，她手里的活没停，干脆地回了我两个字：“没有。”我看着她的样子，有些不死心：“你看都不看，怎么知道没有？”她听我说完，还是笃定地说道：“我说没有就没有。”我看了看她那样子，感觉再问也问不出什么了，便不再纠缠，转身去往省档案馆。省档案馆位于市中心的一条不太宽敞的小路旁，接待我的是一位头发花白、面相慈祥的老爷子。当我说明来意后，他很认真地翻找了半天后告诉我：“没有‘福民汤包’开业的资料，倒是有1983年经理离职的资料。”说罢，他把资料递给我看。当我接过资料时，内心是激动的，虽然这些资料作用不大，但找了这么久，总算是有了突破。就在我为有了突破而开心的时候，老爷子说了一句：“‘福民汤包’总经理的家人我还认识呢！”他无意的一句话让我惊讶不已，而我后来也是在他的指点下，接触到了原来“福民汤包”总经理的儿子，并且从跟他的谈论中，提取到了很多有用的信息。

至此，相关联的三家档案馆都已经找寻完毕，而且收获颇丰。在两家档案馆得到的那两条关键的信息，将我送上了一条通往成功的道路。

在我着手准备去N市图书馆寻找资料的同时，我从章凡嘴里得知了他们三兄弟去S市购买商标没有成功的消息。章凡从S市回来后躺在床上一蹶不振，纵使起床后也是一副垂头丧气的模样，脸色发黑。以前我只在文字的描述中，看到过“气得脸色发黑”这样的描述，看到章凡这个样子的时候，我才发现原来书中的描写都是真的，人气到一个份上脸真的会发黑。不过，看到他垂头丧气的样子，再想想他们之前的飞扬跋扈，我倒是挺解气的。我在那天晚上去了大嫂家吃饭，准备了解一些信息。他们三兄弟都在，一家人面色凝重地在讨论着这件事，而我在他们的谈论中，了解了事情的始末。

他们三兄弟自从得知“元烨集团”去购买商标的事后，一直试图联系S市商标持有人，“谈月楼”的掌门人林瑞芳女士。不知道是不是对方有意避嫌，她一直不同意见面。章东源几经周折，找了人打了招呼后，对方才勉强同意见面。得到对方同意见面的消息后，他们三兄弟准备了充足的资金，一起出发去了S市。但在三兄弟和林瑞芳碰面后，他们才发现事情并不是他们想象的那样简单。当林的助理把他们带到办公室时，他们才发现林董事长是一位六十多岁的老太太，她在她那宽敞明亮，摆满收藏品的办公室设了佛堂。此时她正对着佛堂，双目低垂捻着佛珠念经，他们三兄弟进门，她连眼皮都没抬一下，只是淡淡问了一句：“不知道几位找我什么事？”章东源赶忙赔上笑脸表明了来意，谁知道林老太太还是眼皮都没抬，捻着她的佛珠说道：“我的商标已经确定卖给‘元烨集团’了，也不是我不卖给你们，而是有人打了招呼，只能卖给他们。”章东源听完还想加价，想用价格打动对方，这时候林的助理过来说：“不好意思几位，我们董事长需要休息。”

就这样，对方连一杯茶都没请，就草草结束了会面。对远道而来满怀希望的三兄弟来说，这是一种羞辱，也是一种毁灭式的打击。他们回来后开始咨询律师，有什么解决方式，律师告知他们对方一旦转让成功，他们便不能再使用这个商标。如果对方起诉，他们将要承担相应的责任。如果对方不同意他们继续使用商标，他们还要承担加盟商起诉带来的巨额赔偿。

此时，我面前的章东源不再趾高气扬，也没了嚣张跋扈的劲，他耷拉着脑袋坐在椅子上，不停地叹着气。看得出来，婆婆也很难受，但她还是安慰着自己的儿子们："能怎么办呢，只能这样了，不要多想了。"婆婆说完后，房间一片静默，两位嫂子和孩子也沉默着没有说话，面对这样的结果，大家的心情都很沉重。看着面前沉浸在巨大打击中的一家人，我的内心有了一丝松动。

这一天晚上，我又来到了梅林山山顶。我带着一丝茫然伫立在夜幕中，晚风似乎是洞悉了我内心的纷杂，微凉又深情地轻抚着我。我失神地望着山下熟悉的灯火，心中似有思绪万千，又似只有白茫茫的一片。这么久以来，我都是在荆棘丛生的荒野中奔跑，累到步履维艰也不能停，仿佛一停下来，就会让对手们取得胜利。如今面对一家人的痛苦，我纠结不已。

童年的不幸，往往会让心灵变得敏感，也更容易与他人共情，我体验过家庭面对变化时的伤痛，所以我非常明白他们的感受。要不要将事情说出来，一直考问着我的内心。我明白事情的复杂性，事情进行到眼前这一步，都在我的掌控之中，可以说是胜利在望，如果说出来，章东源参与进来，会面对很多未知。毕竟章东源对知识产权一窍不通，知道了对我没有任何帮助。再加上他和武丝丝作恶多端，如果我说了，不知道他们又会用什么样的手段去对付我。经过慎重的思考后，我决定不说出来，等有了结果再说。虽然这么做会让我背负家庭成员的痛苦所带来的压力，但这是我自保的方式，等成功的那天再公开也不迟。

打定了主意后，我便加快了进程，开始在 N 市图书馆中寻找。我把目光锁定了那个年代出版的书籍，以及年龄跨越那个年代的， N 市本地的作家。一个星期找下来，在翻阅了几十本书后，我没有找到任何有作用的资料。因为图书馆太大了，光找书便花费了我巨量的时间。巨大的工作量，使我的眼睛看东西变得模糊不清，我明白这样下去进展太慢，得想想别的办法。

虽然已经打定了主意，但这世上本就世事难料。

大嫂和二嫂是在不久后的一天晚上，带着孩子出现在我家的，他们看起来沮丧而又落寞，大嫂和章子馨一直在哭，而章瑞一直低着头不说话。孩子们的状态，让我感到无比揪心。

大嫂用纸擦了一把眼泪说："店里面员工说，那个女人在店里放话了，说她和章东源今年秋天肯定会结婚。"

二嫂接话说："你看看章东源弄的这些事，章瑞今年高考，这段时间成绩在往下降，今天班主任喊谈话了。"

章子馨一直在哭，章瑞表情痛苦地坐在一边，低着头不说话。

看着眼前痛苦的一家人，我心里明白，虽然公司已经股份制，但目前大多数门店是个体，股份制并不能将利益约束住。那个女人之所以还是这么嚣张，是因为利润还在他们手里。我得想办法将现金拿出来，把孩子们的房子买了，让他们定心。

他们选择来找我，也是没了主心骨，如今也只有我才能站出来，给他们拿个主意了。

我跟大嫂说："我接下来要做件事，前提是，章家大儿媳的位子，哪怕是看在章子馨的分上，再难坐你也要坐稳了。你也没必要这么卑微，章东源动手打你，你给我打回去，他要是想离婚，别让他得逞。你只要做到这几点，剩下的交给我。"

我转头看着二嫂说："接下来我们妯娌三人，得做两件事：一是说服爸妈，一起逼章东源把这么多年我们的利润拿出来，孩子们都大了，得把孩子们的房子买了，武丝丝现在这么嚣张，是拿捏着我们一家的钱财在兴风作浪，我们得主张我们的权利；二是得让他们把账交出来，一家人的东西，不能由着他们一直这样不清不楚地拿捏。"

接着我目光坚定地看向孩子们说："家里面的事，你们不要去管。该上学去上学，不能因为一时的情绪影响了自己一生。以后家里面的事，还得靠你们三个孩子。现在考不上大学，以后怎么掌舵？我向你们保证，绝不会让这个家散了，也不会让我们家的东西落在那个心术不正的女人手里，你们现在难过，耽误了自己的学业，伤害的是自己，最终让别人看笑话。我知道家里发生不少事，你们这么大了也瞒不住，你们会觉得这些事带给你们羞辱和伤害，但你们相信我，家里面这次的事业危机，我能化解。你们要做的，就是不被影响。"

也许是我在孩子们面前嬉皮笑脸惯了，一下子这么严肃地说这一番话，他们都愣了。我看着众人说："从现在开始，我们各司其职，做好自己该做的，该守的守，该攻的攻，该学习的学习。每个人把自己的事做好了，便是在为这个家做出贡献。"

人在迷惘的时候，总是需要一些鼓励，我说完后，大嫂和俩孩子用力地点点头。

二嫂倒是反应很快，问道："他们不是去买没成功吗？你怎么化解？"

我看了看她，也不想解释，因为她大概率是听不懂的，便说道："过两天你就知道了。"

她们离开后，想起孩子们沮丧而低迷的状态，我心疼不已。因为对比起深受伤害的大嫂，我更加担心孩子们的状态，他们是无辜的受害者，需要去承受父亲带给母亲的伤害，承受父亲对自己的背叛和伤害，承受因为父亲的变心而将要面对的不确定的未来。

而他们不像成年人那样有消化和治愈的能力，也没有逆转困境的方法，这种心理伤害带来的不安全感和破碎感，我曾经体验过，他们的痛苦我也感同身受，而偏偏这个时候他们正面临人生重要的阶段——高考。我明白想要护住他们，只有在最短的时间内解决掉所有的问题，给他们一个安稳的未来。

面对痛苦的孩子们，这一次我没有了犹豫，决定将商标的事说出来，给他们一些希望。

自从去 S 市购买商标失败后，章凡一直跟失了魂一样，晚上也不出去喝酒了，基本待在婆婆那和他们商量事情，回来也没了以往横挑鼻子竖挑眼的嚣张，一副走路都没劲的样子。我是在大嫂他们走后的第二天早晨，告诉章凡商标和老字号的事的，当我在他房间门口，靠着门框跟他说的时候，他正躺在床上发呆，我跟他说话，他还是生无可恋的样子。看他那个样子，我心里是鄙视的，要不是看在孩子们的分上，我真不想说。开始他没听懂，最后我用通俗的语言告诉他："S市的那个商标我已经提出了撤销，就算'元烨集团'去买，也没用。"

章凡听到后，瞪大了眼睛："你再说一遍。"

虽然我觉得再说十遍他也不一定能听得懂，但我还是耐心地又说了一遍，然后提醒他，我在去年八月份跟他们说过这件事。因为他已经习惯了打压我，习惯了我灰头土脸的样子，习惯了鄙视我，所以他听完后，想了想，估计是觉得我这样的人也办不出什么大事，没什么用，便又躺回了床上。我看着躺在床上的章凡，只觉得无比厌烦，不想再多说，转身出了门。

章凡虽然没听懂，但他还是把事情告诉了章东源，章东源开始也没懂，但不久后一家知识产权公司联系他们后，他听懂了一些，便让章凡约我见面。

此时的他，哪怕深受打击，还是习惯性地在我面前摆出高高在上的样子，让我感到无比的厌恶，但为了孩子们，我还是将事情来龙去脉说了一遍，此时的章东源对这件事的重要性还是没有很深的认知，只是很认真地在听，嘴里说着："哪可能这么容易呢，这是不可能的事。”看着他这副油盐不进，固执己见，自傲自大的模样，我真的替他感到悲哀。不过看他这么说我也懒得再解释，又转头开始忙自己的事。

商标在撤销过程中，总会历经很多的风波。没过几天，小房打电话给我，说是有几个近似商标在注册，一个叫“福明”，一个叫“福名”，需要我们提出反驳。我在了解完近似商标的危害后，向他们提出了委托驳回的申请，同时开始寻找能接触到N市图书馆的管理层，因为用之前的速度寻找，简直是大海捞针，我需要可以指导我的人。

巨大的压力加上长期的劳累和奔波，让我的颈椎和背出现了疼痛的迹象，硬撑了两天后，我发现疼得越来越厉害。为了缓解疼痛，我决定去美容院做按摩放松一下。说起这家美容院的手法、服务都挺好，就是美容师会不停地跟你推销，让人烦不胜烦，说她们也没有什么作用。我嘱咐着美容师手法重一些，便趴下不说话，任由她一边按摩一边推销。十几分钟后，一个没有归属地的电话打了进来，接通后是比较低沉的男音：“苏蓁是吧？”对于已经很久没有进美容院，正在享受按摩的我，这个时候接到电话让我觉得有点不开心，便想快点结束电话，我说：“是的，请问您是哪位？有什么事吗？”对方不怀好意地笑了一声说：“我们那个商标是你撤销的是吧？”我一听对方的语气，就知道来者不善，但此刻身体的惬意让我不想多做纠缠，便说道：“是的，你有什么问题吗？”电话那头冷哼了两声说道：“你就不怕我们找你？”我一听这话笑了，心想这都什么年代了，便冷冷地说道："大哥，法律范围之内的事，大家都是凭本事办事。至于你们想找我，那便来找我，我一定会把这件事做到底。"然后直接挂了电话。

其实吧，这要放在平时，我还真会好好跟对方聊聊，了解一下情况，但放在我好不容易才有机会放松的今天，多耽误一秒我都觉得他有罪。当时我脑子里只有一个想法，那就是快点把他打发了。

挂了电话后，突然觉得房间很安静，技师按摩的力道也轻了很多，好一会儿才反应过来。我这是把小姑娘给吓着了，本来想解释，后来想想这样挺好的，耳根清净。此后，一直到按摩结束，技师也没再推销。不仅如此，后面过来的个个技师态度都很好，一个个笑脸相迎，绝口不提推销的事。我没想到，这段小插曲解决了我的一个难题，此后半年时间，我都在美容院所有人默认的江湖"大姐大"人设中，低调而又沉默地度过了半年耳根清净的日子，直到好友不小心将我的身份揭穿，嘈杂声才再次将我包围。

对于这个莫名的电话，我分析了一下，这个电话任意一个对手都可能打，至于他们有我的电话，也不稀奇，因为国家商标总局的商标注册流程是公开的，任何人都可以看到。我安慰自己，毕竟是法治社会，朗朗乾坤，我相信他们干不出来什么事，也只会吓唬吓唬我。话虽如此，我还是疑神疑鬼地度过了半个月提心吊胆的日子，后来发现没事，才放下心来。

我知道想查询几十年前的报纸，需要找到图书馆的人帮忙，就在我一筹莫展的时候，有一天接孩子放学，看见一群妈妈在聊天，我便加入了聊天的队伍。大家问我最近在忙什么的时候，我便说最近在 N 市图书馆找些资料，其中有一位叫陈简的妈妈说："那你来找我吃饭呀，我就在图书馆工作。"我在惊讶的同时突然想起，好像她以前跟我提起过，只是我不记得了。

如同人们常说的那样"你尽管努力，剩下的交给天意"。命运的神奇之处就在于，当你迫切地想找到一个答案时，它不会立刻告诉你，而是在你寻找的途中，经历过反反复复的希望与失望后，才会将答案送到你的面前。

陈简的出现，就如同在森林中迷失了很久的我，遇到了守林员，让我看到了希望。第二天她便让我将商标名称发给她，她帮我检索，并告诉我图书馆因为新馆落成不久，经费有限，所以有一半的资料没有数字化，如果检索没有结果，便带我去藏报馆寻找。

我是在忐忑中等来她的消息的，她说没有找到，让我第二天带好借书证进馆。第二天，我如约而至，她将我带到了藏报馆。藏报馆的工作人员询问相关的年限后，将 1956—1959 年的报纸，放在了我的跟前。他在告知了翻阅注意事项后，叮嘱陈简，必须全程陪同翻阅。当时的我，因为不明白具体的年份，也不知道具体的月份，所以需要将 1956—1959 年所牵涉的报纸，整年的都翻阅一遍。开始我对报纸的数量并没有在意，认为不会很多，当工作人员把报纸全部放在面前时，我才知道这数量有多大。看着面前一沓沓已经泛黄的、散发着油墨香气、有着历史厚重感的报纸，我的心中泛起了丝丝涟漪，命运因为“福民汤包”让我与它们在此相遇。也许这是天意，也是我生命中的使命。

面对巨大的工作量，还有工作人员的要求，我的心里觉得非常过意不去。陈简也许是看出了我的为难，她安慰我说没有关系，她的工作已经安排下去了，让我不要着急。我们面前的报纸每张都已经跨越了半个多世纪，需要小心翼翼地翻阅。而且这些厚重的报纸所在的年代，以及刊登在报纸上的新闻，站在我们现处的年代看，是十分令人惊叹的。我经常会被报纸中的文章吸引，而忘了自己的目的，每次情不自禁读完文章后，在慨叹的同时，也会产生深深的自责。第一天，一直到闭馆，我们连 1956 年的报纸的五分之一都没有看完，看着陈简拿下眼镜揉眼睛，满脸疲惫的模样，我在感动的同时产生了深深的自责。她擦完眼镜后便贴心地约我后天再来，因为她后天有时间，我明白这样下去不是办法，便用善意的谎言告诉她，我等过一段时间再来，不着急，等来了再联系她。因为有了经验，我便联系了图书馆的其他人，让他们想办法帮我找一个人做监督。我深知机会来之不易，备好了大量的矿泉水和面包，做好了充足的准备。接下来一个月的时间，我渴了便喝矿泉水，饿了便啃几口面包，如同一个苦行僧般，开启了我的寻觅之旅。

很多年后，再回想起来的时候，我已经在心理学中找到了一个词“心流”，来概括这段生命与光阴一同流淌、完全忘记自我的时光。那是一种意识和行为融为一体，毫无杂念、超然于物外的沉浸感。虽然我知道在报纸中寻找的最终目的是什么，也知道时间的紧迫性，但彼时我的眼中已经没有了目标的追逐感，也没有了时间的压迫感。我的眼中只有密密麻麻的文字，就连我的梦中，都被那些散发着金黄色的字体填满。而我在那跨越了半个多世纪的、神秘的、浩瀚的文字中找寻着我的目标，犹如一个虔诚的教徒膝行朝圣。

虽然是在面对一个与时间赛跑的紧急任务，但我并没有因为时间紧迫而随心所欲地翻阅报纸，而是按照报纸管理员的指导，带着爱护的心情去小心翼翼地翻阅，这让我的进度非常缓慢。

我一直相信“坚信”是有力量的，当你用尽全力去呼唤，你想要的一定会穿越宇宙，跨越山河，为你而来。而这种力量的来源，我把它归结为“无量虚空”。这个词来自《金刚经》佛祖与弟子须菩提的问答，在佛祖与弟子关于“不住相布施”的问答中，我知道了“无量虚空”的存在。

佛祖是这样教诲的：“是这样的，须菩提，人当行布施而不执于留痕之念。为什么呢？须菩提，因为人如果能够行布施而不执，这种布施的功德就会层层累积以至于数不胜数。你怎样认为，须菩提？东方的虚空，它的量是能够轻易测得的吗？”

须菩提回答道：“不，释尊，那是多不可测的。”

佛祖马上又问：“同样，南、西、北、上、下等，如此十方的虚空，它的量有多少，是可以测得的吗？”

须菩提又答：“不，释尊，那是多不可测的。”

最后，佛祖讲道：“须菩提，道理是一样的。人如果能够行布施而不执，这种布施的功德就会积聚无限，乃至数不胜数，计不胜计。所以，须菩提，人必须学会布施而无留痕之念。”

少年时，我在读到这一段落时，明白了无相布施的含义，同时也对“无量虚空”产生了深深的疑问，我曾一度把它解释为“力量”，一种存在于我们身边，甚至遍布宇宙的力量，却无法对它进行具体定义。但我在经历过这一段充满了奇迹的岁月后，便对“无量虚空”有了具体的定义——它是一种超越现实，超越物质之外的，精神力量的“馈赠”。2017年“量子纠缠”的发现，证实了它的存在。在稻盛和夫的《心》一书中，也用“心之力”一词释义了它的存在。当你全力奔赴，你想要的会来到你的身边。宇宙的能量是虚无缥缈的，而我，触摸到了这种力量的存在。

就在我奋战在藏报馆的这一段时间，陈简突然在一个下午打通了我的电话，告诉我N市图书馆的一部分数据存在了上海。她委托上海的同事帮我查找到了。他们检索到了1958年4月18日“福民汤包”在报纸上刊登的开业资料，她正在委托朋友帮我扫描。

当陈简和我说找到的那一刻，似乎连时间都静止了。我已经无法用语言表达我的谢意。挂断电话后，我给大嫂打了电话让她帮我接孩子，然后任由自己茫然地行走在热闹的人群中，终于得到了我期待已久的结果，我的大脑反而是一片空白。

此刻，我像个行脚了很久的挑夫，允许自己放下了肩上的千斤重担，让自己暂时停歇。在放下的一刹那，我才意识到，我肩上的担子有多重。我任由自己像个脱离躯壳的灵魂，穿行在久违的、热闹的人世间，感受着那份烟火的气息，没有目的，没有方向，一直到华灯初上，我才清醒过来。我茫然地环顾着四周陌生的环境，这似乎是紧邻着一所学校的小花园，花园边的路上不时有年轻的学生匆匆而过，不知道为什么，一种酸楚的感觉夹杂着思念铺天盖地朝我涌来。我找了一个角落，在长椅上坐下，不再像以往一样，去计算着时差，而是直接挨个拨通了林馨儿、西米还有父亲的电话，我在电话中和他们诉说着女儿的糗事，撒娇说着想念，我用欢快的笑声告诉着他们一切都好。

林馨儿说："孩子有那么好玩吗？好玩再生一个。"

西米说："没事吧？是不是想我啦？"

父亲说："有时间带孩子回来。"

我笑着和他们说着再见，挂完电话，我的手触摸到衣服上的一大片泪痕。

那晚，小公园幽暗的灯光下，一个女人，泪流满面地用欢快的声音，向远方的人们诉说着思念。

意识的苏醒，往往伴随着身体感官的苏醒，我感觉到了极度的饥饿。当我一小时后，坐在临时召集的好友面前，在她们惊讶的目光中，狼吞虎咽地吃着火锅时，我感觉自己像是刚刚从一个贫瘠的国度，经历了一场饥荒，逃荒而来的难民。她们两个开始还嘻嘻哈哈，后来估计是被我的反常吓着了，也不怎么说话，默默地给我涮着菜。

坐在我对面的两个人，一个是我带孩子时认识的邻居李琳，一个是她很久以前的同事，后来成了我好友的许清。她们两个也是后来我离开装饰公司时，培养出来替代我的人。对于在装饰公司的那段日子，我并不想多加叙述，因为如果叙述，将会占用很大的篇幅。她们俩一个做事严谨，一个有着很强的执行力和责任心。在我刚认识她们时，她们的薪水都很低，为了让她们的生活变得好一些，我选择了将她们带在身边，并进行了严格的培养，以便我离开公司后，她们能适应公司激烈的竞争。而她们两人也没有辜负我的期待，在我离开公司后，她们得到了几个项目组领导的青睐，在公司稳稳地站稳了脚跟，并在今年准备让她们开一家“福民汤包”加盟店。

在我终于打了个饱嗝，放下筷子，抬起头的时候，正好迎上了她们探究的目光。她们一边给我涮着菜，一边问：“饱啦？”我坐直身子点点头：“有点撑了。”许清有点担心地问：“怎么饿成这样？你没什么事吧？”此时，吃饱喝足的我，享受着被人间烟火气滋润的快感，惬意地笑着说：“今天是开心才吃这么多。”她们两个放松了下来，对视了一眼，异口同声笑着说道：“吓死我们了。”

那天晚上，我抱着吃得滚圆的肚子，和她们说说笑笑地走向了回家的路，我已经太久没有享受过这种惬意和放松，所以一路磨磨蹭蹭以至于很久才到家。

到了家门口后，我正准备掏钥匙，门打开了，大嫂朝我打了一个“嘘”的姿势后，轻手轻脚走向了客厅。我进房间，通过客厅的灯光，看了一眼睡得正香的女儿后，带着幸福的笑走向了客厅。

此时大嫂正坐在沙发上看电视，她有点漫不经心地将电视调来调去。我这一个月的时间，完全没有顾得上家里，正好想跟她聊聊。

我正准备开口，大嫂说道：“你这两天小心点！我有一天偷听他们一家在房间说话，章东源在他们面前说你坏话，说你不顾店里面，天天看不见人。现在店里面那一帮店长，都是那个女人弄来的，随时随地都会给你穿小鞋。”

我听完，没说话，因为觉得事情没这么简单，章东源不会为这种事情在婆婆他们面前挑拨，他必定另有目的。大嫂接着说：“我们和妈说买房子的事后，她们和他提了，据说看中了一套离N市半小时车程，离老家也很近的别墅，这两天准备去买。”

我笑笑说：“那不是好事吗，后面找理由让他把钱一点点掏出来，毕竟孩子们都大了。他最近回来住吗？”

大嫂叹了口气说：“回来是回来，但是不在家住，回来就是一家五口关上门，几个人在那嘀咕，也不知道在说些什么。”

大嫂还准备说，女儿在房间喊了一声：“妈妈。”

大嫂见女儿醒了，便拿起包，跟我轻声说：“明天再说。”便回去了。

大嫂走后，我走进房间，看见了女儿睡眼蒙眬地抬着头，她看见我后，朝我伸出了双手，我把女儿搂进怀里，她迷迷瞪瞪地亲了我一口后又沉沉地睡去。看着紧紧地抱着我的手臂，脸上带着些许笑意的女儿，我的心中感慨万千：为了她，所有的付出都值得。

那一夜，月朦胧，鸟朦胧，而我看着窗外的月影，兴奋得几乎一夜无眠。

第九章

离间

不久后，我去了大嫂家吃饭，因为忙着找资料，我已经很久没有去过她家了。一进门，婆婆正在看电视，家里还有公公和大嫂在。

婆婆看见我，顿时笑得跟朵花似的，她跟我说：“家里买了套别墅，准备装修了，什么时候去看看，景色可好了。”

自从章东源和武丝丝的事情发酵后，我已经很久没有看到婆婆这么开心，于是跟着笑笑：“挺好啊，家里孩子们都大了，没几年就要结婚了，是要多买点房子了。”

婆婆听完笑得更开心了：“还真是的，你不提我都想不起来两个伢子都十八岁了，可不是过个几年就要结婚了嘛！”

这时大嫂走了过来，坐到了电视柜旁边的椅子上，也不说话，就看着我们聊天。虽然大嫂平时跟我在一起话很多，但在家里并不多话，她喜欢坐在一边笑眯眯地看着我们说话。

婆婆聊着聊着突然话锋一转，跟大嫂说道：“老大后天去外地，肯定要带那个女的去，你去车站拦住那个女的打一顿。”

婆婆突然当着我们的面说这种话，我们都吃了一惊，大嫂听到婆婆的话后愣了一下，然后低着头不说话。婆婆看大嫂这个样子有点不高兴：“一家人都支持你，你怎么反而退却呢？”大嫂还是埋着头不说话。

看着面前左右为难的大嫂，我是理解她的，毕竟她对大哥有着很深的感情。她不是不敢打武丝丝，而是怕大哥因为这事怪罪她，彻底断了他俩之间——在我们看来已经丝毫没有，在大嫂眼里还残留的——那一丝的情分。

章凡是那天晚上找我的，说大哥不懂这个东西怎么操作，让我和他们一起去北京一趟，了解一下情况。面对他的要求，我是觉得完全没有必要的，因为对我来说，一切都已经有了定论。后来想想，既然这件事已经说出来了，就去一趟吧！我在去北京的过程中，把小房的电话给了章东源，让他不懂的话就打他电话。

我以为，一切都会变好，没想到，这是我走向深渊的开始。

在我的认知中，一直以为这人间最可怕的是“鬼”，因为“鬼”是无形的，所有人会任凭自己的恐惧把它塑造成任何样子。现在我才知道，这世上最可怕的是人心，深渊有底，人心难测。

从北京回来后，我看到了陈简发送在我邮箱的扫描件，我把它打印下来后，放在桌子上。扫描的原件，还原了报纸原本的模样。报纸的右下角，有一个比火柴盒稍大一点的角落，印有一则关于“福民汤包”开业的公告。看着眼前我苦苦追寻的答案，有一种神秘而又神圣的氛围将我笼罩。我抚摸着那则苦苦找寻的公告，用心感觉着它的回响，就像在进行着一场跨越了半世纪的对话，我听它向我诉说曾经的辉煌，诉说历史长河中的风雨飘摇。这一刻，我仿佛看到了它半个多世纪前的熠熠星光。我想，也许我在寻找它的时候，它也在寻找我。

这份证据的到来，让一切都水到渠成，我在反复检查之后，将这份资料发给了小房，让他把这份重要的资料补充进证据链。2015 年 3 月将申报资料交给了赵钧。资料交出去后我走出办公大楼时，感受到了从未有过的轻松。

我的巨轮，在穿越了波诡云谲波涛汹涌的大海后，终于看到了海的彼岸。

就在疲惫不堪的我决定给自己放个假，准备去做个全身按摩放松一下的时候，婆婆打电话让我过去吃饭。我进门的时候，公公婆婆，他们三兄弟，还有大嫂二嫂都在，也许是知道了商标的事，家里已经没有了上次乌云压顶的感觉，他们正在喜笑颜开地聊天。章东源正在和他们大谈特谈，他如何如何弄清楚了这个商标的情况，标榜着自己的功劳，而婆婆他们笑眯眯地夸奖着他。我沉默地看着他，他那副鸠占鹊巢、小人得志的嘴脸着实让我恶心。不过对于他的厚脸皮与黑心肠，我早有领教，所以也没多计较，只是默默挨着大嫂坐下。老二老三看见我来后，表情有一丝不自然，也没提我的功劳，而是继续应和着章东源。我看着得意的章东源，忽然有了一种不祥的预感，他在拿这一家人，下一盘棋。

大嫂和二嫂看我过来很开心，二嫂告诉我，自从我上次和章瑞聊完后，孩子定了心，成绩上来了，模拟考试的结果都很好。听到这个结果我挺开心的，公开结果的最终目的达到了。

那天一家人吃过晚饭后，婆婆告诉我家里人决定要把家里的账目交给我，我很吃惊，问她什么时候做的决定。她告诉我是一家人商量的结果，并且说一个家里只有我在公司做过财务这些工作，交给我放心。听到婆婆这么说，我也明白了一家人也没少对章东源动脑筋，便毫不犹豫答应下来，因为这本来就是原先计划中的一部分，只是没有想到最终接手财务的是我。

虽然答应接手财务，但我总觉得心里有些不踏实。我想也许是我敏感的灵魂，感应到了未来命运的起伏，对我做出了提醒。

财务的交接，难免会碰到武丝丝。说起这个女人，通过最近发生的这一系列的事情，以及周围人对她的评价，让我对她已经有了相当多的了解。在我成长的三十多年时间里，我见过长相丑陋，却内心善良的人，见过长相美丽，却内心恶毒的人。不过像她这样长相丑陋，内心还这么恶毒的人，我还是第一次见到，我已经无法单纯用言语来表达对她的厌恶。除了在章家三兄弟还有公婆面前，她会伪装成善良温柔的样子外，在我们妯娌和员工面前，她丝毫不遮掩自己本来的卑劣底色。她喜欢在我们面前摆出一副高高在上的面孔，对我们轻言蔑视，对员工颐指气使，在店内也以“老板娘”自诩。我们的店有不少门面是分租出去的，租我们店面的人中，一个叫阿克的西安人说：“这个女人太凶恶了，要是进了你们家门，你们一家能给她弄得家破人亡。”

在交接的过程中，武丝丝还是玩着老一套，不时秀着她的金银珠宝，暗示着章东源对她的宠爱依旧。我看着面前这个拿腔捏调、心思歹毒的丑女人，不由得想起阿克的话。阿克已经在这里做了六七年的生意，几乎每天都会接触到武丝丝，他看到的东西要比我们多得多。再一个，阿克的人品我们了解，平时说话办事都很实在，能从他嘴里听到这样的评价，我便知道这个女人有多恶毒了。她是这个家的敌人，也是我的敌人，如今财务交到我的手上，我不由得对她有了深深的警惕。

交接完财务没几天，我便开始着手招聘财务人员，因为我明白，这么一大家子的账目，都被握在我一个人手里，我在做到公平公正的同时，还得有一个证人，否则万一章东源和武丝丝给我挖个坑，我是跳进黄河都洗不清的。

一波未平，一波又起。

章东源要更换知识产权代理公司的消息，是小房告诉我的，他显得非常愤怒。小房说章东源先去他们公司总部，找了他们领导，许诺他们撤销成功再给他们十三万，转身就找了新的知识产权公司来接手，小房说他们领导现在非常生气。我听到这个消息也很惊讶，因为章东源没有告诉我任何消息。小房告诉我依照目前对方提供的证据，撤销是百分百能成功的，就算对方起诉，也不会改变结局，只不过还有流程要走，所有的都是铁板钉钉的事，现在章东源这么做，让他们公司丢尽了脸面。

小房说完后，我思索了片刻，明白了章东源的意图，他已经意识到了我所做的事情的重要性，并且想霸占这个商标，抢走我的功劳。而他这么做的目的，是为了进一步巩固在家里的地位。我虽然是接手了家里近几个月的财务，但是之前的巨额利润章东源是一分钱没交，钱还在他的手中，武丝丝这边他也没有放手的迹象，他这是钱和权还有人，个个都想要。只是我不明白他为什么要去小房公司的总部，许诺给别人十三万，转身又背信弃义转签别的公司。我在进一步思索后得到了答案，让别人看到利益，又不兑现，让商标公司和我反目，再转签别的公司，切断我对商标的控制权。只是这个自私的家伙没有想过，在紧要关头，得罪一个对“福民汤包”商标流程如此熟悉的知识产权公司，让自己多一个敌人，有多危险。他也没有想过，更换公司并不影响我是“福民汤包”商标第一个注册持有人。

我对小房还是非常感恩的，因为他在我最需要的时候及时出现，并通过专业的引导，让我取得了胜利，我不能因为章东源这些做法而伤了他的心。我真诚地向小房道歉后，承诺商标最终撤销成功，我和他们签署的合同一样有效，合同金额归他们公司所有，请他继续帮我把控。

挂断电话，我突然意识到一个严重的问题，章东源这么做，目标无非是我名下的商标。而就目前的形势，如果我将商标交出来，必定会被他霸占，那我这么久的努力和布局就付之东流了。所以，我下定决心，无论如何也要等财务公平分配，各家的利益得到保障后，才能将商标交出去。想到这，我心里还是非常不安，有一种“山雨欲来风满楼”的感觉。

忙碌中，我接到了一个陌生的电话。对方是一位女士，她说自己是市里负责老字号恢复的陆处长，让我到她办公室去一下。因为我的申报资料中还缺少一份申请报告，这份报告需要两千字左右，同时因为时间比较紧迫，她让我去她办公室看一下别人的申报样本。挂断电话后，我激动不已，那个曾经遥不可及的梦，我就快触碰到了。

第二天我见到了陆处长，她大约五十多岁的年纪，是一位看上去端庄而又恬静的女士，她的脸上总是带着温和的笑意，看上去非常有修养。在她耐心的指导下，我顺利完成了资料的交接。陆处长告诉我，我的申报资料非常完善，完全符合要求，只需要耐心等待通知结果就好。

她的一席话就像是给我吃了一颗定心丸。在回去的路上，我的心情灿烂无比，决定给自己奖励一个冰激凌。就在我拿着冰激凌，一路傻笑着走向停车场的时候，忽然看见商场外墙的玻璃上映出了一个脸上挂着傻笑、头发蓬乱、衣着随意的女子。人在突然看见自己时，第一时间并不会认为那是自己，而是一个似曾相识的人，当我反应出“那个人”是自己的时候，我被自己的邋遢震惊了，于是当即决定去做一下头发。

不得不说，发型真的很重要，看着镜子中的自己，我感觉回到了结婚前的样子。下午去接孩子的时候，我看着孩子教室的方向，迫不及待地等着她走出教室，想要抱抱她，把喜悦分享给她，这时，一个声音在我身后响起：“章君雅妈妈？”

我转头一看，是我女儿同学秦霄的妈妈，我们平时接孩子的时候会在一起聊聊天。在我转头的时候，她脸上带着疑惑，等看见我的脸后，她笑着说：“哎呀真的是你呀，你做完头发我差点认不出你，看鞋子呢又觉得是你，就喊了你一声。”

她说完，我看向了脚上的鞋子，我的脚上穿着一双黑面白底的球鞋，鞋子黑色的部分泛着陈旧的灰，白色的部分也已经肮脏不已，这一看我自己都吓了一跳，因为我已经快十一个月没有换鞋子了，而我并没有意识到已经这么久没有换鞋子。这双鞋陪我走过了2014年的夏天、冬天，又被我穿到了2015年的夏天，就连过年都没有换过。这么久以来，我根本没有时间去考虑鞋子的问题，总是本能地套一双鞋子就出门。意识到这一点时，我觉得羞愧不已，难以想象我这段时间在同学家长面前，有多邋遢。

不知道是命运安排的剧本，抑或是巧合。我的工作告一段落后，开始带着女儿频繁出入“元烨集团”旗下门店所在的那座购物商场。一个礼拜天，我带着女儿过去购物，在我们进入电梯后，进来了一位看上去年纪在六十岁左右的男士，他进电梯的时候看了我们一眼，然后转身继续打电话。电梯的空间狭小而封闭，让我能清楚听见电话中的另一头说话的声音，那个带着几分调侃，几分认真的男声传来："林总，你怎么样，有没有信心把'福民汤包'这个牌子弄下来啊？"这位男士叹了口气说道："哎，目前看很难啊！"显然女儿也听到了"福民汤包"几个字，她看向我，正准备开口，被我一把捂住了嘴，摇头告诉她不能说。电梯在上行的过程中，我牵着孩子站在那位陌生男士的身后，打量着他的背影，感受着命运神奇的交错。虽然我没有见过"元烨集团"的董事长林齐，但从对方的称谓，还有气势来看，面前这个人都和林齐高度匹配。在商场叱咤风云了一辈子的他，怎么都不会想到，他们苦苦寻找的人，他的对手，就是身后这个牵着孩子，看上去毫无攻击力的女人。

与此同时，章东源欲壑难填的邪恶之门开始打开，它像一个矗立在黑暗中的怪兽，长着巨大的獠牙，邪恶地盯着所有的人。

章东源为了达到他的目的，开始频繁地对一家人进行洗脑，我是在不久后的一个晚上，被喊去大嫂家的。我进门的时候除了孩子，一家人都在。大家围坐在婆婆房间的床上和凳子上，看样子他们已经聊了很长时间了，大家脸色都不太好看。章东源看我进门，拉着脸用眼睛瞟了我一下，只字不提知识产权公司更换的事，然后阴沉沉地继续开口说道："小武（武丝丝）在店里面困难的时候拿出来四十几万，说起来，她对我们这个家有恩，我对她好点有错吗？"大家听完章东源的话，脸上的表情各有千秋，公公婆婆是无奈，老二老三拉着脸不说话，大嫂埋着头闭口不言。我听到这句话，更多的是恶心，能大言不惭地在一家人面前，为了给情人洗白，撒谎撒得这么理直气壮，还要大家认同，这个人的心思是有多恶毒。瞧他现在如此嚣张狂妄的模样，简直是划地为国，自封为王，将我们都圈为他的附庸和奴隶了。就在这时，二嫂嗤笑了一声说道："小武掏四十万？我只知道这个店刚开的时候，这个家从大嫂家借了三十万，是算了利息的。店开了后，分租出去的钱就已经抵了大部分房租，什么时候缺过钱？小武一个从农村出来打工的收银员，借给你四十万，她哪来的钱？是她从家挖出金子了吗？"

二嫂话音未落，大家都惊讶地看向了她，我们都知道她平时话不怎么多，没想到今天一开口，简直字字珠玑，句句直戳要害。

此时的章东源脸上青一阵红一阵，似乎有些下不来台。而后他短暂地被戳穿谎言的尴尬迅速消散，取而代之的是仿佛奴隶主般的不可被冒犯的狂怒。他已经丝毫不顾及家人情分，冲着二嫂咆哮："我说借了就借了，要你来怀疑什么？"说完他目光恶狠狠地扫向大家，眼中凶光毕露，嘴里吐沫横飞。看着面前的章东源，我的内心感叹不已，真不知道武丝丝用什么手段，竟能让一个好端端的人，变得如同恶魔附身一般疯狂。

婆婆听完叹了口气，公公拉着脸低着头不说话，老二老三继续保持着沉默。我想他们也和我一样，面对这样陌生的章东源感到既愤恨又无奈，更多的是束手无策。

章东源看大家不说话，继续说道："我看上的女人，要你们说三道四做什么，你们看见了就得喊一声‘大嫂’。”

章东源无耻地将这句话说出来的时候，我已经压制不住自己鄙视的心，冷冷看了他一眼。我又转头看了一眼继续保持沉默的大嫂，心里充满了愤怒和不解。面对这样的羞辱，我不明白她为什么这个时候还不反抗？仿佛她已经默认了他所做的这一切一样。

看着愤怒的二嫂，还有沉默的其他人，我心里的悲愤已经到达了顶点。章东源的所作所为已经完全颠覆了我从小到大接受到的教育，简直就是赤裸裸的反面教材，让我震惊不已。

章东源在深深给予他信任的家人面前，肆无忌惮地撒着各种谎言，挥霍着家人对他的信任。在与自己一起经历了苦难，深爱着他的结发妻子面前，毫不掩饰地护着小三，践踏着妻子对他的爱。他清醒地实施着他的罪恶，他并不是不知道家人信任他，大嫂爱着他。相反，他就是因为知道家人信任他，大嫂爱他，他才选择了这么去做，亲情与爱，在他深不见底的欲望面前，不值一提。

面对这场混乱，我的内心充满了疲惫和焦虑，章家人的沉默让我已经有了深深的危机感。沉默某种意义上来说，代表着他们已经被章东源同化。章东源能将我们妯娌三个喊去，公然说这些话，必定是在公公婆婆和老二老三面前，已经做过无数次的试探。所以纵使二嫂极力反抗，也抵不过章家人集体的沉默。

人往往在信念面前，哪怕身处荆棘丛中也心有所向，因为有爱的光亮指引着我前行，让我知道纵使艰难险阻，纵使深陷泥潭，只要努力，终会到达那个鲜花盛开。充满温情的所在，这也是支撑我做这一切的信念。可如今，当我跋涉千里，耗尽心力到达终点后，才发现这里没有鲜花，也没有温情，而是更多的荆棘。而这片荆棘，每时每刻都在刺痛着我的心。

但人生的无奈是“深知红尘万事空，奈何身在红尘中”。

虽然明白了章东源的狼子野心，可我该做的还是要做。我继续落实着手中的事：商标证据收集的完善、关注老字号申报后的进度等。只是，在做这些事的时候，我的内心已经没有了信念的支撑，充满了焦虑和不安。这让本来就已经耗尽心力的我，更加疲惫不堪。

2015 年 8 月，还没等到老字号恢复，小房就告诉了我，因为对方的证据太粗糙，没有说服力，“福民汤包”商标撤销申请已经通过了。但同时他也告诉了我，“元烨集团”正准备起诉国家商标总局。虽然一个是好消息，一个是坏消息，但一切都在我们的预料之中。因为商标撤销审核，国家商标总局有着法定的严谨的流程，流程中会有各部门参与，最终所有环节会汇总到多名专家组成的评审团，由评审团进行评审。所有流程都有法定的规章和依据，过程公平、公正，又岂是对方起诉就能改变结局的。对于“元烨集团”的做法，我也很理解，我们是公平竞争的对手，换作我，也会去走这一步。

那一刻，我知道自己成功了。我抓住了那万分之一的机会，把大多数人认为的“不可能”，变成了“可能”。在我看来“不可能”和“可能”之间，充满了变数，这些变数在一些人眼里是障碍，是不可逾越的沟壑，是经验和世俗眼中的不可能。但爱与信仰带来的信念让我跨越了这道鸿沟，把这种变数转化成了机遇。

不久后，老字号恢复工作也传来了好消息，“福民汤包”顺利恢复了老字号。得知这个消息后，虽然正面临着家庭重重的压力，但我还是兴奋不已，因为这一切来得太不容易了。这艘在大海中久经风浪的巨轮，终于迎来了风平浪静。而我这个舵手，也终于可以享受这份来之不易的宁静。

随着商标注册成功，注意到“福民汤包”商标的人越来越多，我接到了不少陌生的电话。对方的目的很明确：购买我手中的商标，开价从二十万至三百万不等，为了不被这些人纠缠，我告诉他们：这个商标已经恢复了老字号，按照老字号的行业规则，一个商标如果恢复了老字号，商标本身的价值就已经是五百万，再加上它的商业价值，他们出的价格我根本不会考虑。面对这样的回答，他们中的大部分人是不死心的，让我出价。为了摆脱纠缠，我便开出来一个远远高出我自己心理预期的数字：两千万。我觉得这个数字足以吓退所有的购买者，还自己一个清净。没想到的是，听到这样的价码，还是有一部分购买者选择了和我周旋，开价最高的一家知名上市公司，开到了一千八百万用来购买商标和配方，而我方出管理团队。面对这样的价格，还有人愿意购买，让我有些吃惊，进而对“福民汤包”这块牌子有了更深的认知。

虽然我有意躲避，但还是有人通过一些渠道打听到了我，找上了门。来人是一位四十多岁，带着几分精明、几分儒雅的男士，我看了一眼他递过来的名片，上面有一长串的头衔：某某投资公司总经理、某某餐饮集团总经理丁瑞。面对这一长串的头衔，我有些哑然，第一次看到投资公司和餐饮公司挂钩的。我虽然知道对方来意，但也很好奇他们为什么紧盯这个字号不放，所以准备好好和他聊聊。

丁瑞一看就是场面上的人，察言观色非常到位，就在我看完名片抬头的时候，他笑着说："听朋友们提起您很多次，说您聪明能干。今天总算见到本人了，他们还少说了一点啊，人长得也漂亮，有气质。"

对于这些场面上的恭维，我向来清醒，所以便把话题切回了主题："丁先生谬赞，不知道丁先生找我有什么事？"

丁瑞一看我这么直接，便说道："实不相瞒，我是想跟您谈一下'福民汤包'这个商标的事，我有几套方案，看看我们有没有合作的可能。"

我说道："丁先生听口音不像是本地人，是怎么知道这个牌子的？在我的印象中，只有N市人，才对这块招牌有很深的认知。"

丁瑞笑着说："是的，我是浙江人，我的父亲是浙江人，但我的母亲是N市人，而且家就在老'福民汤包'旁边没多远。小时候父母亲经常带我去吃汤包，有时候一大早去都得排好长时间的队。这个牌子消失后，可是我们一家人的痛啊！我的父母亲经常提起，一提起就会摇头叹气，所以我涉足餐饮行业后，也曾动心思找过关系试图恢复这个品牌，但那时候没有像您一样钻研，也没有像您一样有魄力，最后半途而废了。这次无意中听到朋友提起，就冒昧找上您了。"

看丁瑞叙说时眼中的深情，我明白他说的都是真的。听他言辞之间颇为恳切，我对他有了几分好感，看来他本人并不像名片上的头衔那么花里胡哨。

我说道："丁先生对'福民汤包'的感情和执着真是让人敬佩，不知道您有什么样的方案，不妨说来听听。"

丁瑞笑了笑说道："那我就不怕苏女士笑话，我有话直说了，我除了是半个N市人，也是个商人，我看中的是'福民汤包'这块招牌蕴含着巨大的商业价值。我的父亲经营餐饮企业多年，而我对餐饮连锁这一块也有着很丰富的经验，虽然我现在以金融投资为主，但非常清楚餐饮这一块的利润是非常可观的，加上这又是N市的老字号，只要好好运作，无形资产会是非常可观的。"

丁瑞说完看了看我，他的意思我很明白。我给他续了一杯茶，示意他继续说下去。

丁瑞继续说道："以N市人对'福民汤包'的感情，只要资金充足，同时起来四五十家是不成问题的。N市立足之后，如果以中央厨房加直营店或者加盟店的形式，向外省扩张，或者以开放区域代理的形式对外扩张，很快能覆盖全国，两年内市值过亿是没有问题的。”

丁瑞说完，我便知道坐在对面的这个人是一个有着很高的格局，也有着很丰富的经验的人。我很喜欢他坦诚的说话方式，我对他说道：“丁先生果然是个行家，几句话就将‘福民汤包’的布局和价值说得明明白白。”

丁瑞听完说道：“苏女士过奖！不知道苏女士对此怎么看？”

我说道：“比起丁先生，我在餐饮行业的经验要逊色多了，最近也在不断地学习当中，我之前从事的是广告和装饰行业，不过我觉得万物皆有相通之处。丁先生是知道N市人对‘福民汤包’的感情的，所以我希望这个品牌在发展的过程中，更是要顾及这份情感，而不是以资本为前提的扩张。老字号和资本有时候是相悖的，就拿‘福民汤包’来说，除了机器和面，汤包的每一道工序都是手工完成，很难像机器一样做到标准化。要知道大型连锁餐饮做不到标准化，便很难打造口碑，所以我的想法是深耕细作，在装修设计和产品结构上多花心思，统一形象。在人员培训上多费些时间，稳定产品品质，赚取好的口碑，在经营过程中不断地去磨合调整，一步一个脚印，等到稳定后再去扩张，不能操之过急。”

我说完丁瑞愣了一下，随后他笑笑说：“真是受教了，我只考虑到品牌价值和资本的层面，没有想到苏女士有这么深的见解，让我感觉很惭愧。”

我和丁瑞所谈的内容，是我在恢复老字号的过程中深思后的想法，因为我知道“福民汤包”这个字号，是一个时代的见证，也是几代人情感的寄托，我亲手将它恢复，便是承担起了将它发扬光大的重任。和丁瑞谈完，我知道不管是从资金实力、从业经验以及对方提出的合作方式和股权结构来看，他都是非常合适的人选。我也明白如果“福民汤包”这个字号由我来运营，会做到公平、公正，让一家人有所保障。但我明白章东源不会轻易罢休，他毫无底线的手段我已经心知肚明，想到这我只能满怀愧疚地回绝了丁瑞。

欲望之门一旦打开，面对的便将是无底的深渊。

正如我所预料到的那样，章东源扭曲的欲望，在这一刻掀开了冰山一角，他给我织下了一张弥天大网，开始了他毫无人性的打压与掠夺。在这场掠夺中，我目睹了最肮脏的人性和最丑恶的嘴脸，也因此经历了无尽的黑暗与痛苦。

如同上一次写到进入婚姻的时候，短暂的停顿一样，写到这一段时，我同样停顿了很久。因为我需要很大的勇气，才能重新去面对这一段带给我和我的孩子无尽痛苦的时光。回忆起这段斑驳岁月，就像是回看一段夸张的舞台剧。剧中的每一个人，都被章东源用扭曲的亲情、道德、利益等能利用的一切编织而成的绳索捆绑，被迫变成了一个个提线木偶。他肆意操控着、利用着他们，对我进行了惨无人道的打压。而他在犯下所有罪恶的同时，又像一个慷慨激昂的演说家、慈善家一样，一边宣扬着他的功劳，一边利用金钱对众人进行着诱惑。他一边进行着他的恶，一边又极力掩饰着、美化着他的种种罪行。而我，清醒而又无力地看着这一切发生，默默承受着所有的痛苦。不是我无力反抗，也不是我不想反抗，而是我要抱紧怀中的孩子，捂住她的耳朵，蒙上她的眼睛，让她不去看到这一切。

对于一个没有道德底线的人来说，欲望是没有边际的。章东源用欲望造就的邪恶之门，就此敞开，越来越多的人被卷入其中。

当天晚上，章凡回来跟我说，章东源让我从账上打三十万给他，说是要去北京找人办事。

我冷笑了一声，直接跟章凡说："商标撤销一审已经通过，虽然对方起诉，但他几乎没有赢的可能，所有的流程都在我的把控之内，不知道他要办什么事？"

章凡听完后，拉着脸说："让你打你就打，大哥说对方起诉，不找人这件事办不下来。"

此时的我，内心充满了鄙夷，愚昧的人只会把所有的希望寄托于利用权力对他人制衡，盲目相信他人，他们从没有想过自己本身就拥有权利。

此时的章凡和我，如同大街上的陌生人，甚至不如陌生人友善。看着他的盲目，我知道我说什么他都不会懂，更不会信。面对章东源的这步棋，跳出对手思维，我是要为他鼓掌的。因为所谓的去北京找人，不过是他一石二鸟的计谋，他标榜自己在这件事之中的功劳的同时，还能将钱落进自己的口袋，并赢得自己在家庭中的地位。他像个精明的猎手，利用着家人的弱点，让每个人都成了自己的猎物。看着他导演着这一场场戏，我知道这一切只不过是个铺垫，我静静地等着他说出最终的目的，我手中的商标。

章东源从北京回来的那天晚上，婆婆召集我们一起吃饭，大家都围着客厅的桌子，坐的坐站的站，章东源正背着手滔滔不绝地讲述着他的功劳，演着他的独角戏。虽然我能从中听出所有流程的不合理，但我明白，这根本就不是说给我听的。他说着说着话锋一转，板着脸，大着嗓门跟我叫嚣着："你那个什么证据，根本没有用，领导说了这个没用，不知道你忙那么长时间在忙什么东西。"他说这些话的时候，他们一家人都用一种复杂的，包含着同情、怜悯的目光看着我，而我在他们的目光中，心渐渐冰冷。

善良的人都是相似的，但恶有千般的模样。

此后的时间，章东源和武丝丝利用店长对我进行攻击，他们捏造着各种理由在家人面前对我进行批判。

他们的借口是那么愚蠢而又可笑，比如章东源通知我往外地汇一笔款项，但他只发了姓名、银行名称还有卡号，我跟他要开户行名称时，他会和一家人叫嚣说我为难他。他总能利用家人不懂这一点，把常规的操作，制造成我的过错。

一个心有敬畏的人，是不可能斗得过一群邪恶之徒的。

我此时的处境就像是被愚民架在公众面前忏悔的人一般，明明手中掌握着真理，却只能痛苦无力地面对他们残暴的讨伐。面对着他们的攻击，我知道就算辩解也没有用，他们的目的就是要摧毁我在章家人面前的信用，达到贬低我的目的，为他达到最后的目的做铺垫。

章凡是在不久后回来跟我提商标的事的，面对他的要求，我并不惊讶，我告诉他："现在所有门店和公司还没有关系，财务也没有规范，现在不是转的时候。"

章凡听到这又开始了老一套，开始争吵："大哥为了这个商标，跑北京找人找了无数趟，花了一百多万，你说你弄的，你弄什么啦？"

我看着章凡说道："这个商标撤销、注册、恢复老字号，都是我耗尽心血得来的成果，可以说跟你们家没有任何关系，我现在就算卖出去，你们也不能把我怎么样。我现在好好跟你谈，是为了让你明白，我做这一切是为了孩子，章东源的所作所为你不是没有看见，我现在转出去只会成为他和武丝丝的敛财工具，我需要财务规范，大家的利润能落到各自的口袋，给孩子一个保障后再转。"

章凡听完，嚷道："没有大哥，你能做什么？不要讲这些东西，我们会看着办。"

我看着眼前这个无知的家伙，心里的怒火被彻底点燃，就在他不断的暴喝中，我突然想到了在房间写作业的女儿，我迅速跑到了房间，看到了让我心碎的一幕：女儿蜷缩在床和床头柜的角落，紧紧地捂着耳朵，脸上挂满了泪水。我紧紧地将女儿抱在怀里，女儿抽泣着说："妈妈，不吵架好不好，我害怕。"

章凡并没有因为女儿的哭泣而停止争吵，而是用各种恶毒的语言咒骂着。我心里的愤怒逐渐加深，但我知道，面对这群强盗，如果商标不交出去，女儿还会受到更多的伤害，而这个家，我不去保护她，又有谁能真心保护她？

现在回头想想，那个时候，我还没有走出执念。为了给女儿一个完整的家，我还是决定苦苦支撑起这个"家"。

此时的章东源开始了他新的计划，用利益去分离一家人。是啊，争来争去不就是为了利益，他开始大手笔给公公婆婆现金，给公公婆婆买大量的钻石和黄金首饰，并放话说要把一些店面的所有权给老二章东远，还说要出多少钱让章东远的儿子去英国留学，唯独什么都不想给章凡。他的目的是在逼章凡，让他回来逼我拿出商标。面对他的所作所为，我像看跳梁小丑一般，看他肆无忌惮地进行着表演。

可是看透又能如何？因为我永远不可能像他一样，做到把一家人当作一颗颗棋子，也不可能牺牲女儿的幸福去保住利益。

然而在章东源猛烈的利益攻势下，全家人还是没有丝毫动摇，大家仍然坚持要把孩子们的房子买了。面对这场闹剧，我不想参与，便选择了远离。但有时候，不是我想远离便能远离的。有一天送完孩子在路上碰见了二嫂，她跟我说："我和大哥吵了一架，平时你也不到店里，你不知道大哥多可恨。他把我们一家人的钱把在手里，给武丝丝弟弟买车，开了店，给武丝丝女儿交学费学会计，明着跟人说以后她要进店里面工作。我有次给他打电话，你不知道他说得多难听，我索性就跟他吵了一架。”

看着满脸愤恨的二嫂，我理解她心里的愤恨和委屈，在我逃避的这些日子里，她能站出来，我很欣慰。

二嫂接着说：“我和大哥提了买房子的事，大哥说我就不买你能拿我怎么样。我说你凭什么把一家人的钱全花在那个女人身上？大哥竟然说，我就花怎么样，说你们这些穷鬼就活该穷一辈子。”二嫂说着说着眼泪就下来了，我给她递上了纸巾，却无从安慰。

看着面前伤心的二嫂，我无比痛恨着武丝丝和章东源。如果不是他们，一家人就那样平静地过下去多好，我觉得自己的心好累。

第十章

生病

亲情是一把双刃剑，在有情人手中，能抵御敌人的伤害，护一家老小周全。在无情人手中，便是挥向自家人，谋取利益的利器。章东源将亲情已经玩弄到了极致，他在将亲情的大刀砍向家人的同时，又用利益逼迫，诱导着家人将刀砍向别人。利益、谎言、亲情，变成了他最有力的武器。章东源已经为了利益彻底疯魔，成为一个面容狰狞的尖牙怪物，疯狂地吸取全家人的鲜血滋养自己。面对章东源的咄咄逼人，我知道章凡的日子也不好过。他对亲情的盲目，以及对家庭的依赖，让他成了他大哥手中的一柄利器，一把锋刀。我一天不松口，章东源必定会换着法子逼章凡，而章凡必定会和我争吵，这就是他的手段，肮脏的、残忍的手段。

但我知道，不管有多艰难，我必须守住最后一道防线，让财务正规化，去保证每个人的利益。让公司流程正规化，去促进“福民汤包”这个老字号健康成长。作为将流落在外的“福民汤包”带回 N 市的人，我有责任也有义务去做这一切。否则，我无法跟 N 市人交代，我之前的努力也就失去了意义。

在章东源各种手段的支配和压迫下，我感觉自己在这个家成了一个透明的人，公公婆婆看见我总是摆出一张冷冰冰的脸，他们三兄弟看见我更是一副看见敌人的模样，嫂子和孩子们虽然对我的感情没变，但也迫于压力减少了与我见面的次数，就好像我是这个家的瘟神一样。看着这一家人，我觉得自己的心再次破碎了，这些我用尽心力保护的人，最终还是背叛了我。

面对渐渐分崩离析的亲情，我的心愈加冰冷，对章东源和武丝丝的恨，也愈加浓烈。

一边是孩子的学习需要关注，一边是我糟糕的情绪需要调理，面对章东源和武丝丝的围剿，我选择了沉默以对。也许是我的沉默助长了他们的气焰，章东源和武丝丝对我展开了更为猛烈的攻击。章东源总是让服从于武丝丝的店长们，编造各种理由对我进行诬陷，然后在家人面前控诉我的罪状。章凡在家人的重压之下，对我更加冰冷。他开始极少地在家出现，偶尔回来也是摆出一张冷脸，几乎不说话。为了避免争吵吓到孩子，我也尽量避免和他说话。我努力地在这个冰冷的家，给孩子营造一个充满温馨和爱意的环境。

但，幸福是演不出来的。

一天，我带着孩子开车外出。在此之前，我一直认为在女儿面前已经伪装得很好了。一开始，女儿兴奋地在车里跟我聊着她和小伙伴之间的趣事，面对她的欢喜，我努力克服着心中巨大的沮丧和悲伤，应和着她。但悲伤的力量是那么强大，偶尔我还是不可避免地陷入沮丧之中，就在路过一个灯光昏黄的隧道时，女儿突然在旁边叫了声："妈妈。"

我轻轻"嗯"了一声，看向她，女儿很认真又很难过地看了我一眼后，说道："妈妈，你很久没有笑过了。"

女儿突然间的一句话，击溃了我所有的伪装，我的眼泪不受控制地落了下来。女儿小声问："妈妈，是出什么事了吗？是爸爸又欺负你了吗？"

面对女儿的疑问，我并不想把一切告诉她，我不想孩子在这件事中受到任何伤害，我努力擦干眼泪，拼命挤出笑容告诉她："宝贝，对不起，妈妈只是最近太累了。就像小孩会哭一样，大人也会哭，哭完就好了。我爱你。"

这一年女儿九岁，我意识到她已经不是我认知中那个懵懂的小娃娃。我的心中有了隐隐的担忧，不知道我给她营造的这个保护伞，还能够支撑多久？

章凡的冷漠，章东源和武丝丝的逼迫，所有人的远离，像一座大山一样沉甸甸地压在我心里。压力让我慢慢丧失了对生活的热情，我觉得这个家无比的冰冷。我试图和章凡说清楚财务正规的重要性，但他始终带着由于章东源的逼迫而转化成的极端情绪，激烈地跟我对抗着。

这世上最大的无奈是，我什么都懂，可我什么都做不了。

知识产权的案子并没有因为章东源更换公司而对我产生任何影响，因为商标还在我的名下，因此，我每天还是会接到很多莫名其妙的电话，有开门见山要求谈价格的，有要求见面聊聊的。在一天下午，一家门店的店长打来电话，告诉我一位自称是记者的人在店里等我，说和我认识。在巨大的心理压力下，我觉得自己的记忆某些时候会出错，虽然我并不记得约了谁，但还是去了店里。在店长的指认下，我看到了一个皮肤白皙、长相精明、穿着黑色皮衣、正在玩手机的女人。我努力回忆了一下，还是想不起来在哪里见过她。打过招呼后，她立刻换上了热情的笑脸，开始自我介绍，并给我递上了名片：《城市快报》秦蕾。

当我看到名片上《城市快报》的名头后，心里大概摸清了对方此行的目的。秦记者是个口才了得的人，在将我夸赞一番后，开始问一些经营上的问题，对于这些无关痛痒的问题，我都很认真地给了她回复。半个多小时后，她话锋一转，问道："听说你们申报老字号成功了，能不能给我一份申报资料，让我看一下，也方便给你做个详细的宣传。"她看着我，笑得无比真诚。我也一脸真诚地看着她说："真是对不起呀，申报要的资料准备得太仓促了，只有三份，已经全部上交了，我也在头疼这件事呢！"如我所料，她听完后，脸上立刻没有了笑脸，目光冷冷地看了我一眼后，假意寒暄了几句便离开了。我和秦记者在这场没有硝烟的战争中，完成了"猎手与猎物"的较量。

我看着她远去的背影，打开了手机相册，找到了 2014 年《城市快报》关于N市“福民汤包”商标不规范的那篇报道的照片。之所以知道这位记者来的目的，是因为我在接触到“元烨集团”没多久，便了解到了《城市快报》的一位凌姓资深记者是“元烨集团”林总的高中同学，当初那篇报道的目的，就是为了给有意向收购“福民汤包”的“元烨集团”，在N市预先造势而写的。“元烨集团”旗下本身就有规模不小的餐饮连锁企业，占据的都是N市中心最优越、最醒目的地理位置。其中一个门店，就是“福民汤包”的旧址，等购买流程开始启动，所有门店同时更换“福民汤包”的招牌，将会瞬间在N市立市，并且能名正言顺地将我们逼退。资本加上媒体，一切的计划都是那么完美。这步棋，在所有人眼里都是天衣无缝的。但“成也萧何败也萧何”，也正是因为这篇报道才点醒了我。我对于他们来说，真的是一只出乎预料的“黑天鹅”。

这世上有时候的对错，都是毫无道理可言的。就拿这位凌姓记者来说，当初看到他这篇报道的时候，我是咬牙切齿的。因为是他将这件我们所担心的事，公之于众，是他将我们推向风口浪尖。但现在回头去看，我是要对他说声“谢谢”的，他是我命中的贵人。他让我从温柔乡中破冰而出，让我得以有机会保全我的家人和孩子既有的生活状况。

现在想想，人们口中的“贵人”，并不一定是以友善的姿态出现，在你跌倒的时候扶你一把的人，也有可能是推你一把的那个人。不过，不论以什么样的姿态出现，我们在觉醒后，都要带着感恩的心道声谢。

不久后的一天早晨，当我准备起身给孩子做早餐时，我感觉到我的大脑和身体都处于一种极端无力的状态，身体疲惫不已。我咬牙坚持给孩子做饭的时候，双腿有一些颤抖。这种无力感让我觉得有些害怕，我支撑着做完饭，走到房门口，准备喊女儿起床的时候，突然全身无力摔倒在了地上，我抬头看了看床上正在酣睡的女儿，悲伤像潮水一般将我淹没。我突然意识到，如果我不在了，我的女儿怎么办？如果我不在人世了，谁还会像我这样爱她？答案很清楚，没有人可以像我这样爱她。也许会有人问她冷不冷、饿不饿，但不会真的有人关心她开不开心、关心她累不累。想到这里，一种强烈的欲望在我心中觉醒：我要陪着她，我要看着她长大，看着她结婚，生子，看着她幸福。

那天送完女儿上学后，我迫不及待地来到了医院做全面体检，长久的压力加上早晨的反常，让我有了前所未有的恐慌。在我抽完血，做完一系列检查后，木然地坐在椅子上等待结果的时候，一个熟悉的声音在我旁边响起："蓁蓁？"我抬头一看，看到了表姐林馨儿以前的同事——冯茜茜。巨大的惊喜让我瞠目结舌，因为她是同一年和林馨儿移民的一位姐姐，我压根没有想到她会在这里出现。等我反应过来后，开心不已地抱住她，也就在那一刻，我心中的阴霾一扫而光。

我的表姐林馨儿，大我和西米八岁，出了名的学习好。我小时候暑假经常去她家做客。她话不多，平时总喜欢抱着一本厚厚的书，安静地在角落里阅读。年龄的差距让她总习惯像个小大人一样去照顾我。比如说大人不在家的日子，她间隔一段时间，就会寻找我。寻到后也不走近，就远远看上一眼，在确认我的安全后，转身就走。当我脏兮兮地回到家，她总是会第一时间放下书，把我带到水池边清洗。事实上，我可以自己清洗，但家里没有大人在的时候，必须由她清洗，就好像这是她的职责一样。这样的日子一直持续到我开始工作，在N市工作的她，跟以往一样帮我在她同学公司安排好了工作。也因为她，我才来到了N市，也让我的命运和这座种满法桐的城相连。

在童年时期，水瓶座的我觉得自己和摩羯座的表姐没有任何共同点，我们一个梦幻一个务实，一个活泼一个沉默。但在我和表姐共同生活的两年多时间里，我发现我们有着惊人的默契。童年一起生活的经历，让我们彼此之间有着坚定的信任。她总是耐心地帮我规划着工作和生活，而我总能为她枯燥的生活增添无数的乐趣。我和表姐的共同点是：我们对美景没有太大的兴趣，只有美食能让我们欲罢不能。所以我在成年后对厨房有着极大的兴趣，空余时间喜欢在厨房待着，尝试着去做各种美食，这个过程让我非常享受，也非常迷恋。

随着我厨艺的突飞猛进，我们经常周末呼朋唤友在表姐家聚会。我喜欢精心布置餐桌，然后做一桌子菜，看着大家在笑笑闹闹中吃完，她们也会毫不吝啬地夸赞我。

那是我觉得最自由也是最快乐的两年。表姐的朋友很多，她们大多思想前卫，幽默而又风趣，每个人都有着非常独特的性格特征。我在她们引领潮流的生活方式影响下，对社会和人生的认知有了很大提升。同时我在她们的提议，以及在林馨儿的帮助下，对自己的人生做了一些规划，而这些规划带来的收益，在我后来进入人生低谷，面对抉择时，给了我极大的勇气和支撑。

冯茜茜就是当时玩得最好的朋友之一。一位来自幸福时光的故人，在我最需要的时候，出现在我面前。我们牵着手找了个相对安静的角落，开始聊天。茜茜的性格和西米有几分相似，果敢中还带着几分泼辣，幽默而又风趣，她总能激起我幽默的那一面。想当初，我们俩是大家的开心果，我们总能让大家开怀大笑。我们在角落聊了一会后，决定拿完能拿的报告后，中午一起用餐。我的心情从遇到她的那一刻起，一扫往日的阴霾，变得明亮轻快了许多。

一如过去我们一贯的喜好那般，我们找了一家环境幽雅，人不是很多的西餐厅。我们坐下后，她认真地盯着我看了一会说："让我来仔细看看，我们馨儿惦记到心坎里的小蓁蓁变了没有。"她一边说着一边开始认真地打量我，我被她逗得大笑不止。不过这次她并没有笑，反而认真地看了我一眼说道："你老公和孩子怎么样？"毕竟是青春年少，本性纯真时，相处了两年多的人，她的话一说出口，我就知道她看出来我过得不好了。林馨儿的朋友都有一个共同点，不管她们看上去如何的幽默、果敢、天真或是泼辣，她们的内心都是冷静而犀利的。我在她们面前，就如同一本被翻开的书，什么事情都明明白白的，在她们面前写着呢！我知道瞒不住，调侃着说道：“女儿很好，是亲生的，倒是老公，感觉一直不是自己的。”茜茜听完后，忍不住笑了起来：“你还是那么幽默。”我岔开话题，跟她说起了以前的事情，并不是我不想说，而是我太需要昔日美好的回忆来治愈现在的自己。我已经很久没有真心地笑过、开心过了。茜茜也没有追问，聪明的人总是会读懂你欲言又止背后的无奈。

用餐的中途，她跟我说起了在德国汉堡的生活，说起了她偶尔回去法兰克福找林馨儿，说起了林馨儿对我的思念，还说起了表姐夫对林馨儿的好，说起了自己在汉堡和德国先生结婚后，两人因为宗教信仰不同和文化差异闹出的笑话。我压抑的情绪在这个过程中彻底被释放了出来，茜茜的笑声还是那么魔性，放肆而又快乐，而我也在这个时候短暂地变回了十年前那个无忧无虑的女孩。

耳边优雅的背景音乐，手中刀叉碰撞出的“叮当”声，茜茜耳边摇晃的水晶耳环，一切都像梦一样，一场穿越到过去的时光，让我不愿醒来的美梦。

当我带着掩藏不住的笑意，接完孩子回到家的时候，不巧碰到了章凡，他冰冷的面孔一下就将我拍回了现实。我刚进门把东西放下，便迎来了他的催促，他告诉我章东源急着要我把商标转到公司，否则商标没有办法下来。面对这种卑鄙的说辞，我的心里充满了愤怒和无奈。无知让章凡成了章东源手里最大的棋子，我明白对付他这种卑鄙无耻的人，办法就只有一个，那就是不转让商标，他也不能奈我何。

想到这，我看了一眼正从房间小心翼翼向外看的女儿。她的神情紧张，眼中写满了恐惧，那一刻，我的心疼痛无比。我多想能让她有一个幸福完美的童年，有一个幸福的人生，可是一切都是那么艰难。看到恐惧的女儿，我决定用策略拖住章凡："给我一些时间考虑吧！"

跟章凡谈完后的第三天，我去医院取了体检报告，并和医生进行了交谈，心情沉重的我随后驱车来到了灵谷寺。

这个寺庙是我常来的地方，每当我觉得思绪难平或者是失去方向的时候，便会来到这里。我还记得第一次来的时候，在寺庙吃斋饭，因为对寺庙的那个白瓷大碗装的饭量没有数，饭盛多了。作为一名非常虔诚的佛教徒，小时候就被教育在寺庙不能剩饭，否则菩萨会怪罪，所以我在已经吃撑的情况下，还是一点点往嘴里塞着饭，快吃哭了，都不敢剩。就在我和饭僵持不下的时候，一位坐在角落里剥毛豆的慈眉善目的老和尚，看出来我的窘迫，他笑眯眯地走过来跟我说："没事的小姑娘，吃不下就不吃了，我们给流浪的小动物吃，不会浪费的。"老和尚的一席话，让我感动不已，那一刻，我从老和尚身上看到了佛教的光辉。从那以后，我对灵谷寺有了特别的感情，对寺庙的饭菜也有着特别的感情，很多时候已经分不清是因为进香而去吃饭的，还是因为吃饭而去进香的。这种矛盾的心理，让我感觉对佛祖有一些愧疚，不过想想佛祖是能容天地万物的，不会在意的，便也坦然了。

进了庙门，灵谷寺的香火依旧那么旺，靠近庙门口的香鼎燃烧着长长短短的香烛。因为从小就经常去庙里，所以在闻到香烛的那一瞬间，我的心变得无比澄澈清净。我没有急着进香，而是找了个偏僻的地方坐了下来。我看着庙里来来往往的香客，一时间恍了神，早晨医生的话在我耳边响起："姑娘，你是从事什么工作的呀？压力这么大，你看看你的指标，都在临界点，你这是要钱还是要命啊？"

是啊，为这一家人，我差点连命都豁出去了。我心里明白只要把东西交出去，章东源必定还会有下一步动作，可是不交出去，我的身体和精神状态根本没有办法很好地照顾孩子，甚至可能活不下去。童年的伤害对孩子一生的影响，我比谁都明白，我该怎么做才能保护她？如果此刻公公婆婆他们能和我站在一起，将公司流程和财务正规化，我再将商标转过去，我所有的努力就有了意义，可偏偏章东源从中作梗，将计划打乱。

纷乱的思绪在心中翻涌，让我头痛不已。

此时，耳边隐隐传来了大殿上诵经的声音，隐约缥缈的声音，瞬间将我的思绪带至远方。我的身心变得一片空白，眼中只剩下往来的人群，和不远处闪耀着红色光芒的姻缘树。

梵音之中，我的意识渐渐变得轻盈，就像是飘浮在阳光下的一粒尘，空灵而惬意。我的灵魂似乎正在经历着一场洗涤，一些灰暗的东西正在远离我的身体。许久之后，随着诵经声的停止，我的灵魂又重新回到了身体，人群在我眼中变得清晰，不远处姻缘树上的标签，在轻风中微微晃动。

这短暂的时间，就像是一种生命的洗礼，唤醒了我的意识和身体，让我体验到了生命的神奇和美好。虽然在寺庙身心得到了放松，但不知道为什么，离开寺庙后，那种压抑和沉重的感觉再次将我笼罩，就像是被黑暗重新囚禁。在庙里得到短暂的启示后，似乎一切又回到了原点，我知道这很不寻常。

家人的背叛就像是一座沉重的大山压着我的心，我总是会不由自主地流泪，在做家务的时候，在人群中的时候，在开车的时候，在我毫无防备的每一瞬间。仿佛我的身体已经盛不下这么多悲伤，随时都会溢出来，这是一种无法自控的感觉。悲伤让我沮丧，而这种感觉更让我迷惘无力。我试图去对抗，但是根本就没有用，某些时候，我会一脸茫然地用手抚摸着脸上的眼泪，心中充满疑惑。

我想，我生病了。

第十一章

深渊

我在章家人冷漠和极端的态度中，又疲惫不堪地苦苦支撑了几个月。在一个送完女儿上学回家的早晨，我的车行驶在颐林路上，此时恰逢夏绿正浓，路两边风格迥异的民国建筑上，开满了蔷薇。烂漫的花朵在阳光的照耀下摇曳生姿，每一帧画面都是那么的唯美动人。可面对这样的美景，我的心却是一片灰暗，仿佛那灿烂的阳光，那娇艳的花儿，那浓艳的碧绿都与我无关。在我眼中，一切都失去了颜色。在某些时刻，我感觉自己的心被绑架了，被一种悲伤的力量囚禁了。它禁锢了我的心，蒙上了我的眼睛，让我原本缤纷绚烂的世界变成了暗淡的灰色。

我知道这一切并不正常，因为小时候的成长环境，让我对大自然有着近乎狂热的喜爱。我爱着四季的变幻，爱着每一棵树，每一朵花，每一片落叶，每一束阳光，每一朵雪花，我发自内心地喜爱大自然中美好的一切。春季万物萌发的喜悦、夏季草木旺盛的浓烈、秋季叶落果丰的枯荣、冬季岁暮天寒的荒凉，种种美景，总能让我百看不厌，如痴如醉。可是，今天这世上美好的一切，似乎都与我无关，我被悲伤重重包围。我深吸了一口气，试图缓解内心的压抑，可是眼泪就在这个时候夺眶而出，温热的泪水顺着我的脸颊淌在我的衣襟上，打湿了一片。我将车停在路边，绝望地趴在方向盘上，狠狠哭了一顿。擦干眼泪后，我忽然觉得不想回家，那里太过冰冷，可也不知道去哪里，因为不想让别人看出我的悲伤。

我将车掉头，又回到了学校门口，我远远地看着女儿教室的方向，心中百感交集。我只想守护着她长大，只想她能有一个完整的家，想着她能幸福，可为什么这么难?

两天后的晚上，章凡便找到了我，让我用最快的速度办理转让手续。此时的我，因为身体长期的劳累和精神的压迫，已经疲惫不堪。我知道自己已经撑不下去了。就这样，我在他们的威逼下，在商标一审撤销通过四个多月后，将商标转让到公司。

2015 年的时候，商标转让是需要去公证处公证的，在他们准备资料的这几天，我的精神状态越来越差，我总是处在失神恍惚的状态，不愿意见人，也不愿意做事，似乎跟别人说话会消耗我很多的力气。面对朋友们的邀约，我找着各种借口推脱。在家的时间，我多数时间都是躺在床上度过，偶尔起床也是游魂般地游荡着，肩上好似压着千斤巨石，心中却是空荡荡一片。

我努力让自己往好的方面去想：也许转到公司后，章东源拿到想要的，就会保护住这一家人，保护住我女儿呢？也许转过去后，他会感恩我，不再为难我呢？这样，我就能好好地，开开心心地陪女儿了。好好守护女儿，便是我所有的愿望。

和章凡去公证处的那天，整个过程我都是麻木而恍惚的。我在章凡和公证员的催促下，木然地做着一件件事，签字、问询、录音。我像个失去思想的游魂，麻木地做着一切。就这样，我在分文未得的情况下，被他们夺走了商标。

生命中最无奈的时刻，就是清醒地看着恶人将自己的世界搅得分崩离析，支离破碎。而那些自己曾经守护的人，现在却成了他的帮凶，而我只能痛苦地独自面对。

事后，很多人问我，为什么不带着商标离婚，他们不能拿我怎么样。我摇头苦笑，要是没有女儿，我会毫不犹豫地走这条路，和他们斗到底。可我明白血脉亲情的重要性，女儿一旦脱离这个她生活了快十年的大家庭，她的一生都不会幸福。也许幸福对很多人来说，是拥有无数的金钱。可我知道，幸福是来自心底的那份羁绊，而童年积攒的幸福，就像是一块块糖，带着能愉悦一生的甜。

和冯茜茜短暂的相遇，还有寺庙里的经历，就像一面镜子，照见了曾经的美好。商标转让后，为了将自己从悲伤的情绪里解救出来，我开始了自救。比如，在不愿意起床的时候，逼着自己爬起来。给自己一个目标，去吃一点小吃，或者去办一件小事。在不愿意装扮自己的时候，逼着自己去买一件衣服，或者试着去做一个发型。在不愿意见朋友的时候，逼着自己出门，投身到朋友中间。也许，这些事情对于一个健康的人来说，都是小事，但对于我来说，去说服自己出门，就已经耗尽了我全部力气。我知道自己在做这些的时候，并不是心甘情愿，也并不是真的快乐，但我知道，想要改变，就必须去尝试。

我把所有的精力，都用在去“对付”自己上面。

是的，去“对付”自己，如同字面上的理解一样，我在跟自己对抗，或者说，是在与一种无形的负能量去争夺自己。这种能量控制了我的身体，我觉得，“我”不再是我，而是一个完全陌生的人。在我的观念里，人与人之间有矛盾的时候，是遇到了“问题”。在做事的时候，遇到阻碍的时候，是“问题”。在意识到自己的反常时，也是遇到了“问题”。怎么解决“问题”，是我面临的考验，因为我可以站在客观的角度去看待工作或者别人，但从来没有从客观的角度去看清自己。毕竟，人是最难看清自己的，不是吗？但，只有看清，才能解决。

意识到这一点后，我开始把意识集中到自己身上，开始关注自己的感知，并且顺着自己的意愿去做一些事，而不是用对抗或者是命令的方式去对待自己。比如说送完孩子去喜欢的菜市场绕一圈，早晨的菜市场总是充满着人间烟火的气息，蔬菜的气味，食物的香气，鱼虾的腥味，摊主和顾客讲价的声音，触目可及的瓜果蔬菜，都是那么生动地在身旁流动。而这些闻到、看到、听到的声音，让我觉得无比的放松。虽然很多人听上去觉得有些怪，但此时求生欲极强的我明白，只要是心想去的地方，就算是荒郊野岭我也去。

我知道，失去，并非一朝一夕。找回，也并非一朝一夕。

我签订完转让协议的那段时间里，章东源是低调的，没有整什么幺蛾子。而我也慢慢放松下来，心情慢慢开始变好。和朋友们相聚的机会也变得越来越多，尤其是和女儿同学妈妈们一起聚会的次数开始增多。她们是一群性格很好，也特别有意思的人，我们总能很快地因为一件事达成共识，一起来一场说走就走的旅行，一起赴一场主题式的约会，一起去小巷子吃一碗馄饨。和她们在一起，我找到了和表姐她们在一起时那种无拘无束的快乐。

我在调整好自己的时间以后，开始尽力地弥补孩子。我会陪她去她想去的地方，玩想玩的，吃想吃的，尽力地让她感受到爱与温暖。为了避免让自己重新坠入情绪的深渊，我减少了去大嫂家吃饭的次数，也尽量回避与章东源和武丝丝两人碰面的机会。

我在一点一滴快乐的积累中，治愈着我的破碎，然后将它转化成爱，给予我的女儿。

但就在我觉得自己已经复原，并且乐观地认为自己已经走出了灰暗的生活时，章东源又开始了新的动作。

我是在一个周末，接到大嫂电话的，说是一家人晚上一起吃饭，让我过去，有事要商量。事实上，从接到这个电话开始，我就有了压抑的感觉，这种感觉一直持续到晚上进大嫂家门之前。

看着眼前围坐在婆婆床边的一群人，我的内心只有一片漠然。在商标出事之前，大多数时候是吃饭时间，家人围坐一圈，吃完的或者晚吃的，说说笑笑聊一会。商标这事出来后，这个场景就成了章东源洗脑专用了。通常他想达成一件事，会关起门先给他们一家五口洗脑，然后把人召集齐了，打着商议的口号，名正言顺地宣布。不知道今天他又在打什么主意。

不过，既来之则安之，我找了个靠门的椅子坐了下来。

章东源斜着眼睛朝我看了两眼，眼神中带着得意和不屑。我已经习惯了他这副傲慢张狂的模样，装作没看见，就等他把目的说出来，我好快点离开。没想到婆婆先开口了："蓁蓁啊，你说你怎么搞的，让会计不听你大哥的话，你大哥为这一家里里外外地忙，不容易。"婆婆说完，一屋子人表情各异地盯着我。

婆婆一说出口，我就明白了，章东源的目的无非两个，一是达到他想要我交账的目的，继续控制财务；二是——想到第二个，我头皮一阵发麻，没敢往下想。他每一句话、每一步棋的用意，我都心知肚明。他手里有两张王牌，家人的信任和武丝丝培养的店长们，就算白的说成黑的，死的说成活的，我又能拿他怎么样。我预判了他的预判，他也知道我清楚，所以他知道他一定会赢。

我漠然地看着所有人，看着他们眼中的疑惑、同情、愧疚以及淡定。章凡也在人群中，正一脸不耐烦地看着我，我问道："不知道这事，你从哪听来的。"

章东源激动地高声说："你当着上海路店的店长说的，上海路店长都说给我听了。"

我看着站在众人之中，双眼怒瞪、情绪激扬的章东源，冷笑了一声，玩来玩去，还是玩不出什么新花样，演来演去，还是这几个乌合之众。上海路店长，朱琳，武丝丝培养的，精明刁钻，长着一身肥膘，私生活相当混乱，在和自己丈夫育有一个儿子后，和另外一个男人婚外生了一个女儿。我因为在上海路店设了几个月的临时办公室，所以对她很了解。只是这种三观不正、素质极低的人，我不怎么和她说话，只是必要的时候打个招呼。如今拿她来说事，不过是他们自导自演的一个小丑剧罢了。

欲加之罪何患无辞。还是那句话，对于这种为了目的不择手段的人来说，我解释有什么用。

我淡定地看了一下众人说："要是说我没说，你们也不会相信，要是你们非得说是我说的，拿出个证据。我跟这个姓朱的店长平时也没交集，我跟谁说的，让她出个面。"说完，我站起身出了门。

因为已经接近腊月，外面的天已经全黑，当我走下楼梯，完全淹没在黑暗中时，泪水夺眶而出。我明白了章东源的用意，他不只是想得到我的商标，他最终的目的是想将我赶出这个家，从而心安理得地霸占我的东西。而因为有家人的支持，他也可以毫无愧疚、毫无顾忌地将我的东西占有。

一个人做事情，都会有一个目的。只要明白他的目的，便能看明白他的布局。世人常说“升米恩，斗米仇”，用萨克雷的名言来剖析章东源的目的，不过是“如果一个人深受大恩，而后来又和恩人反目成仇的话，那是因为他要顾全自己的体面，一定比不相干的人更加恶毒。他要证实对方的罪过，才能解释自己的无情无义”。

明白了章东源的目的，我又一次坠入黑暗。

为了不让自己再次被拖进情绪的旋涡，我不再去大嫂家吃饭，斩断了自己和所有不想听到看到的人和事的联系。

一个人想要把你塑造成恶人的时候，就算你不出现，他也要达到目的。偶尔章凡回来会以各种莫名其妙的罪责质问我，而我已经一个字都不想解释。偶尔在路上碰到公公和婆婆，我也能从他们敷衍和毫无笑意的脸上察觉到他们对我的不满。

随着商标转让，店面开始快速扩张，利润也如滚雪球一般开始增长。在一家人的压迫下，章东源终于同意拿钱出来在N市的豪宅区买房。在看房的这段时间，一家人都是欢天喜地的，唯独章东源阴沉着一张脸。只是最终房子确定的时候，遇到了一个问题，我们选中的楼盘，分为两期开发，目前正在销售的是一期。因为房源紧俏，销售只能保障两套房，那也就意味着兄弟三人，只能有两个人先买。现在回头去想，所谓房源紧俏，只能保障两套房这个说辞，有着重重的疑问，但那时我们并没有多想。

回去的路上，大家都是各怀心思的。因为目前的状况，肯定是先下手为强。对于这种买房已成定局的事，我还是一贯的态度，不参与讨论，所以先回了家。

章凡那天晚上回来的时候一反常态，态度温和地坐到我的对面，显然是有话要说。因为他只有在对我有求时，才会放低自己。

章凡暗暗观察了我一会说："你想先买房子，还是后买？先买的一期只有143平方米，后面二期的是157平方米的，但是前面两套有保障，后面一套不一定能买到。"他说这句话的时候也是纠结的，章东源最近的所作所为，他自己心里有数，要是先买会有保障，但是一向重视亲情的他，又怕先买伤了兄弟间的感情。

我看了一眼面前的章凡，跟他结婚十年，虽然作为一个丈夫，他糟糕透了，但是对于他的家人，他从来都是毫无保留地好。就像是现实版的孔融，不用别人说，他永远只拿最小的那个梨。对于带他进入社会的二叔，他永远是尊重而袒护的，在他需要资金周转的时候，哪怕是自己背负债务，也要借钱给他。别墅装修完的时候，宽敞、光照充足的房间，永远是留给父母和老大老二的，他自己拿的是景观最差、最小的。车位紧张，他争取来的车位，给了老大老二，而我只能为了停车每晚在家周边的巷子里绕很多圈。

他的所作所为，放在家庭层面，他是对的，孝顺的。但作为他的伴侣，要有着宽广的胸怀，去面对一系列的不公正。而有时候，这种不公正并不是来自事情本身，而是这种事做多后，他们的理所当然，还有不知感恩。比如说借出去的钱不肯还，却在外逍遥挥霍。比如说我在孩子生病，从医院回来后，手忙脚乱的我因为天黑，停在犄角旮旯的车子前轮压到了一个瓶子，章东远看到后不是给我打电话，而是给章凡打电话，告诉他我不爱惜车，车轮胎压到了玻璃瓶。是的，得了便宜还卖乖这种事，在他们家屡见不鲜。

章凡作为一个儿子，作为一个兄弟，包括作为一个家族中的晚辈，他都是模范和榜样。这一点同样体现在他的交友上，大方、阔绰、讲义气，这些一直是他的标签，但他真的是一个失败的丈夫。

看着坐在对面有点紧张的章凡，我抱着一贯理解的态度对他说："让老大老二先选吧，我无所谓，大不了这个小区买不了，买附近小区的。"

我说完后，明显觉得章凡松了一口气。其实他从来没有想过，我跟他结婚，房子是婚前财产，戒指是我为了减轻他的负担，买的假的，结婚十年，没有添过一样首饰，一样奢侈品，我所有的首饰都是婚前带过来，还有一些是亲人送的，我也从来没有开口要过。因为我的内心是一个对金钱无比淡漠的人，我并不在乎这些。我要的是尊重与爱，可惜他从来不懂，也从来没有给过我。

我虽然和章凡这么说，但心里明白，从章东源最近的举动来看，房子的事情必定会被他拿捏。但家里的共识是这三套房子都是给孩子们买的，所以，纵使是拿捏，我也会有对策。

正如我所预料的那样，章东源和章东远选择了先买，等到二期开始销售，我们房子开始认购的时候， N 市房源已经非常紧俏，需要找人才能买到。章凡跟我说章东源已经找了人，但从他最近的所作所为来看，还是让我心里有很深的疑虑。买房那天，我起了个早，按照老家遇到重要的事情要去寺庙进香的习俗，我去庙里上了香，祈了愿。下午在摇号现场，我们拿到 152 号号牌的时候，我便知道所谓找人一说不存在，只能靠运气了。因为二期房源中， 143 平方米的紧邻高架，我们不会考虑， 157 平方米的只有 95 套，等叫到 152 号，运气好的话，也只会剩一两套楼层不太好的了。想到这，我看了看被叫号排队进去的人，每十个号码为一组进去，进去差不多五分钟之后会叫第二组，那就意味着如果我们的销售员配合得好，我们有机会拿到一套，但楼层估计不会好。我看完后心里有了底，看了看坐在右手边各有心思的三兄弟，然后转头认真看起了大屏上正在播放的维密走秀。

章凡很紧张，看到我如此淡定他有点好奇，问我：“你不紧张？”我目光没有离开大屏，摇摇头：“不紧张。”

章凡不解：“152 号，我们可能选不到，你找人了？”我说：“找人谈不上，不过上午我去庙里上了香，求了菩萨。”

章凡略带嘲讽地跟老大老二说：“她说她求了菩萨，真是个大靠山。”老大老二跟着章凡笑了起来，虽然笑得各有深意，但那场面在外人看来是那么的温馨而又和谐。此时的号牌已经叫到了 80 号，我看了看章凡，跟他说：“等会你进去后，以最快的速度找到销售，三楼以上都要。”

事实上，当章凡进去，我和老大老二站在出口等他出来时，所有的程序都被我说中。在销售的助攻下，我们拿到的是157平方米的最后一套。章凡略显激动地走出来后，章东远笑着跟章凡往外走去办理手续，看着他们俩走远，章东源在我背后用并不低的声音，叹息了一声，冷冷地说道:“又出去大几百万。”

他的这句话印证了我所有的猜测，我也知道他这句话是说给我听的，我背对着他，满不在乎地笑着走了出去。面对这个虚伪而阴险的男人，我预判了他所有的计谋。

老大老二的孩子都已经过了十八岁，所以直接挂了孩子们的名字。我女儿年龄不够，所以挂了我跟章凡的名字。在经历了买房这件事后，大家开始松懈下来，认为最大的难题已经解决。我想章东源对于家里人的拿捏是非常到位的，他紧跟着为老二买了辆豪车，并加大了对公公婆婆的金钱攻势，唯独冷落了章凡。

钱果然是万能的，一家人在他的离间下，开始动摇。章东远开始摆出姿态，和章东源形影不离。自从章东源开始作恶，我渐渐对章东远有了些了解，他是典型的“笑面虎”，在利益面前，他可以对任何人笑脸相迎。当然，为了利益他也可以踩任何人一脚。自从被章东源收买，他在我面前就摆起了姿态，露出了和章东源一样的嘴脸，对我百般蔑视。渐渐地，这些所谓的“家人”与我渐行渐远，就连章凡也极少在家出现，我明白，章东源成功了。他们都变了，面对这一切的改变，虽然我早已有所预料，但还是伤心得非常彻底。面对章东源的胜利，武丝丝找准一切时机出现在我的面前，用得意扬扬的面孔，对我百般嘲讽。

我承担着巨大的心理煎熬度过每一天，只盼着女儿能在我的保护之下，健康平安地成长。

女儿的九岁生日即将到来，算起来也是虚十岁了，民间有十岁提前过的说法。我打起精神为女儿准备了十岁生日宴会。有一场是同学和朋友参加的生日聚会，家里也挑了日子为女儿摆了生日宴。作为两边亲戚都要参加的生日庆典，我邀请了父母和叔叔，父亲因为母亲身体不舒服不能来，便委托叔叔参加。这场看似热闹的生日宴，让我对叔叔心怀感恩，又愧疚不已。

作为见证商标知识产权战的第一人，叔叔对一些事是了解的。他到来后，章东源选择了冷漠而又高傲地面对我叔叔。而我的叔叔，作为一个在国企工作了十几年的领导，敏感地察觉到了章东源和他家人的冷漠。为了不让叔叔尴尬，我让他和我朋友一起坐在次桌，但叔叔看着我，坚定地摇了摇头后，按照规矩坐在了主桌。我叔叔坐到主桌的时候，气氛有一瞬间的尴尬，整个吃饭的过程，也极少有人给他敬酒。看着叔叔倔强的背影，我知道他是在给我撑腰，那一刻我的心犹如刀割。在此之前，我觉得叔叔是个极其理性的人，今天才知道，我错了。

那次生日宴，也许是和孩子还有爸爸妈妈们从饭店出来的时候，章凡当着他们的面，深更半夜和一个我见过一面的女人一起离开。这一幕深深刺痛了我，我在心里暗暗做了一个决定。

女儿生日后，很快就到了春节。回老家的那天，我坐在章凡的车上，茫然地看着两边的景物在后退。章凡罕见地跟我聊起了章东源，他说："大哥说他跟武丝丝就快分手了，最近在给她买房子，说是买了就会分开。"

我知道，虽然这段时间我没管他们家的事，但有武丝丝的存在，这个家注定不太平。我没说话，因为不知道该说什么。如果真像他说的那样，我还能给女儿一个家，撑到她成年。只是，我心里很清楚，章东源真实的想法是怎么样。从我们的层面去看，武丝丝的存在是眼中钉，但是从两性的角度去看，章东源和武丝丝真的是非常匹配的一对，因为他们做事的方式和三观非常一致：心狠手辣，不择手段，没有底线。所以，参照章东源最近的所作所为，他说和武丝丝买房后分开，估计也是权宜之计。这种三观如此契合的"灵魂伴侣"，他怎么会轻易分开？

当我们到了老家，我带着行李来到老家的房间时，眼前的景象让我有些震惊。只见我和女儿房间的床上凌乱地堆叠着两床破破烂烂的棉絮，两床旧得看不出颜色的被套被胡乱地扔在棉絮上，地上还丢着两个枕头。如果只是看到床上的棉絮，我会想是不是婆婆太忙，没顾得上，但是看到地上的枕头时，我心里更多的想法是——轻视。我放下行李来到大嫂和二嫂的房间，如同我所想的那样，只见他们的房间被收拾得整整齐齐，两张床上还铺着崭新的四件套。我的心一阵刺痛。

我回到房间，靠在房间的门口，失望的无力感让我久久不想动弹，看着房间的那一片凌乱，我的脑海中不停回想那一次对话："妈，我怕你以后会一样恨我。""怎么可能呢？你都在说什么？这永远都是不可能的事。"那声音，还在耳边回荡，仿若昨日重现。只是说不恨的，终究还是恨了。原来，我用尽全力换来的，是这些所谓的"家人"的恨。

过年后，或许章东源觉得我的商标已经开始转让，所以更加肆无忌惮。我不时从章凡嘴里听到章东源抱怨我的声音，不过说来说去还是那一套：知识产权交给他的证据没用，我之前做的事情没用，他是如何如何辛苦地在收拾我的烂摊子，借此在家人抹黑我的同时，拼命往自己脸上贴着金，宣扬着自己的"功劳"。

他总是用权力压制、丑化我。我虽然劳累，但还是尽力为"福民汤包"做着规划，因为恢复了老字号，我就要为此努力，不能辜负这份来之不易的荣誉。2017 年，我向他们提出了几点建议：一是找知名设计师，对门店形象进行统一包装，争取直营店和加盟店形象统一；二是开发速冻包装食品；三是将店长招聘条件加高，培养出一批符合品牌形象的店长。我知道随着老字号恢复，品牌形象的整体提升非常重要，但我说出来后，直接被无视了，因为在章东源眼里，掌握权力比品牌形象重要多了，他绝不会让我在家里出"风头"。

因为财务还在我手里，章东源想尽办法搜刮着账上的资金。他的借口很多，借二十万给村里的张三，借三十万给村里的李四，借五十万给叔叔。面对他的要求，公公婆婆还有老二老三都是愁眉苦脸。大家心里都明白，所谓借，不过是他巧立名目，对家人进行剥削搜刮的理由。目前一年的净利润已经超过千万，再加上这些年的利润，纵使买了房子，现金流也是非常充足的。他现在这么做，无非是为了账上不留现金，能更加稳稳当当地拿捏住这一家人。

一个深陷泥潭，拼命爬上来的人，想要害他很简单，只要一把将他推回深渊就行了。

婆婆的态度，章东源的作恶，章凡的冷漠，让我觉得所有的付出都不值得。在一个阳光明媚的早晨，醒来的我木然地坐在床上，茫然地望着房间内熟悉的一切，忽然有一种，我不知道为什么要醒来，也不知道要何去何从的空洞感和无力感。我木然地来到落地镜前，看着镜子里那个双眼空洞无神、脸色发黄、头发凌乱、陌生的自己。我摸着自己的脸，充满了疑惑：我为什么要这样活着？为什么他们要这么对我？我该何去何从？

我，终于被推入了深渊。

而悬崖之上的那些人，没有谁想下来拉我一把。他们只是围作一圈，冲着崖底的我，露出张狂狰狞的笑脸。我想大声呼救，可是转念一想，哪有凶手会救受害人呢？

他们都是凶手。

第十二章

棋局

在深渊中的日子，每一天，我都挣扎在光明与黑暗之间。为了躲避黑暗，我用了更多的时间投身在“妈妈群”里，跟着这群快乐的人，周转在美食和美景之中。和她们在一起感受到的幸福支撑着我每一天，为了掩饰悲伤，我买了很多的衣服，每天把自己打扮得光鲜靓丽，仿佛那些漂亮的衣裳是我的铠甲，脱掉铠甲，我就会四分五裂。我笑着挤在人群中，但我的心在哭泣。在那段黑暗的日子里，她们就像一群发光的天使，照亮了我灰暗的人生。我终日瑟缩在崖底，终于能看见一双双向我伸出的援助之手。现在回头去想，我还是满怀感激地想向她们道谢，曾经在一起笑着、闹着、吵着的日子，是我活下去的勇气，谢谢她们出现在我生命里。

随着章东源权力的巩固，他开始想方设法地将财产占为己有。他大言不惭地表彰着自己的功劳，想把中央厨房的收益攥在自己手里，一家人反对后，他又想把加盟费收入囊中。他认定了大家不会反抗后，终于撕下了伪装，尽情地挥舞手中的皮鞭，开始了赤裸裸的奴役和剥削。

在章东源的影响下，我像个透明人一样存在着。只要有人靠近我，或者为我发声，这个人便会迎来他犹如疯狗般的恶狠狠报复。他在利益上报复他们的同时，还会用极其刻薄的语言批判着对方的不是。这其中就包括姑姑家的女儿房玥，因为她跟我感情深厚，又心直口快，所以章东源经常当着很多人的面用恶毒的话攻击她，简直是恶到了极致。而面对章东源的作恶多端，章家人就像一群逆来顺受的奴隶一样，始终选择沉默。

是的，正如汉娜·阿伦特说过的那样："邪恶能够得逞，绝不是靠一两个人的伎俩，一定是成千上万人合力的结果，是他们的'协助'或沉默，为作恶之人铺好了台阶。"

为了避免伤害到对我好的人，我开始疏远她们。因为我知道只有这么做，才能保护她们。面对沉默的人，我也疏远了她们，因为她们已经成为邪恶的爪牙。

对婆婆的失望，对叔叔的愧疚，对章东源和武丝丝的恨，种种情绪纠缠着我。我每晚都会做噩梦，我经常在梦中哭泣，却不自知，只有早晨泪湿的枕巾告诉着我一切。

对章凡失望的这些年，我几乎从不过问他的去向，慢慢麻痹着自己，用残存的希望，支撑着这个家。

在一个夜沉如水的夜晚，我又梦见了那个做了无数次的梦。梦里我在焦急地寻找章凡，可是我怎么也找不到，就好像他从我生命中消失了那样。如同以往一样，梦的最后我都会在痛苦中惊醒。梦中的我，是那么焦急，梦醒后，现实又是那么令人失落。我找到了手机，看了一下时间，午夜十一点三十五分，我下床来到了章凡房间。房间里的床铺整齐地摆放着，就在我转身的一刹那，我突然看向了电脑，一种声音在催促着我——去打开它。在我的生命中，已经出现过很多次这样的情景，我把这种凭空而来的感觉称之为“直觉”，或者是“第六感”，而这种感应已经让我验证了很多次。就这样，我鬼使神差地打开了电脑，打开了携程网，在试了三四遍密码后，登录了章凡的账号。

账号登录后，愤怒如同暴风般将我席卷。我看到了两条N市酒店预订记录。

虽然是在第六感的指引下让我去做了这一切，但现实巨大的冲击力还是让我愤怒不已。愤怒让我毫不犹豫地拨打了章凡的电话，我只想听到章凡给我解释。但是一个冰冷的女声传了过来，提示对方关机。愤怒和羞辱让我浑身颤抖泪流满面，我一次次地拨打着电话，冰冷的女声一次次传来。我意识到他不会开机后，拨打了酒店的前台电话。

一个甜美的女声接通了电话：“女士，请问有什么能帮您？”

我报上了章凡的身份证号码说道：“我是他的老婆，麻烦帮我接通他房间的电话。”

前台小姐愣了片刻说：“对不起女士，我们没有办法给您接通。”

我听完后冷冷地说:“我给你们半小时处理,要么帮我接通,要么我就报警。”说完我便挂断了电话。

我不知道自己是怎么度过那半小时的,跟章凡结婚后遭受的委屈和痛苦,如同烈火般灼烧着我的心,我将女儿的房门关好后,任自己大哭了一场,那一刻,我已经丧失了坚守下去的信心。

半小时后,就在我准备再次拨打电话的时候,房门响了,一身酒气的章凡走进了家门,他进来后也不说话,直接走到房间倒在了床上。

那一夜,我一夜未眠。窗外那栋高耸入云的建筑,像针一样刺在我的心里。

早晨,我将章凡从床上叫了起来,让他带我去酒店。我想亲眼看到一切,好让自己的心死得更加彻底。章凡起初不愿意,但最后还是拗不过我。当我站在酒店的房间里,我的心已经痛到麻木了,我已经听不清他在说什么,只是木然地让他离我远点。

沉重的打击让我大脑一片空白,我像个没有灵魂的躯壳一样,走到了家楼下。此时,太阳正在升起,一缕阳光直直地照进单元楼门口绿色的邮箱内,邮箱折射出一道耀眼的光,刺进了我的眼睛。那道突兀的光就像是上天的指引,将我的目光吸引了过去。短暂的错愕后,我顺着光看去,看到了折射这道光的物件,一部手机。我心里多了一种预感,我要的答案就在这里。因为邮箱几乎不用,所以并没有钥匙,我用一根树枝将手机拨弄了出来，这是章凡前不久换下来的旧手机，我开机后，发现并没有设置密码，紧接着，我在微信里看到了聊天记录。

不论是想让他承认也好，让他带我去酒店也好，其实，我都是想他亲口承认，好让我亲眼看到这份残忍后下定决心，给早已死透的心一个交代。如今，我想看的，都看到了。

那天清晨，灿烂的阳光下，一个穿着长裙的女人，面如死灰地站在邮箱前面，久久未曾移动。

我没有再给章凡打电话，而是冷静地等着他回家。这种冷静就像是让自己呼吸暂停换取来的，因为只要深呼吸，心里就会传来彻骨的疼痛。

他就像是一个屡教不改的贼，开始被抓到时，在庙前对着神明忏悔，说要金盆洗手，却又屡屡故技重施。次数多了后，索性将那代表着道德与良知的金盆背在了身上，需要的时候洗给别人看一下，但自己从没想过改变。

看着眼前厚颜无耻的男人，我觉得自己已经没有撑下去的理由，我已经累到无能为力了。

我冷静下来后，放下了情绪和对立，和他进行了一次谈话，问了一些长久以来积压在心里的疑问。也许是出于愧疚，他都认真地做了回答。

我问他："我每次说去找你，你为什么不让我去。"

他心虚地看了我一眼，支支吾吾说："因为有人，不方便。"

我又问："结婚十年，你和我们一起逛街的次数，不超过五次，是为什么？”

他有些心虚地又看了我一眼说：“怕遇到熟人。”

我无力地点点头，不再问，原来一切都是我想的那样，那样不堪，那样无情。

这件事，到此时，还并没有结束。后来的几天章凡直接失踪了，理由是，分手了难受，让他冷静一下。他要我给他时间去治疗情伤。而在此之前，他曾为某局长女儿回国伤心过，为某歌手坠楼死亡伤心过，为某空姐女友胖了两圈唏嘘过，现在还要看着他治疗情伤。

如果说，叔叔遭到冷落，婆婆对我羞辱，章凡出轨是引子，那武丝丝的挑衅，便是压垮我的最后一根稻草。

虽然章东源在一家人面前承诺给武丝丝买房后分手，但武丝丝并没有表现出要分手的难过。她还是一如既往地在店内耀武扬威。我是在一位好友的邀约下到店里的，进门的时候正好碰到了武丝丝。

武丝丝仰着丑陋的面孔，带着得胜后的骄傲，看着我。从某种程度上说，交出商标，就是我输了。对于我来说，面对这个将我的家破坏得四分五裂的女人，心中无比厌恶，不想多说一句话，所以直接越过她走了。

虽然现在回头去看，我的心情已经平静，在大部分时间能客观地去看待过去，但写到武丝丝的时候，我还是会觉得异常的愤怒。在她出现的那一刻起，我的内心就进行着激烈的斗争，我想用世上最不堪的词语去形容她，但素养还是让我克制住了自己。另一方面我觉得，即使是这世上最恶毒的语言也无法完全概括这个毒妇。

在章凡又一次因为章东源的挑拨回来跟我吵架时，面对这个已经被绑架的傀儡，我知道说什么都没有用了："离婚吧！"当我将这三个字说出口的时候，自己也吃了一惊，但随之而来的是解脱。十年的婚姻，我已经没有丝毫的力气再去面对，他们总能让我更寒心。

也许是我的认真吓到了章凡，他一脸震惊地看着我，沉默了一会后，他小心翼翼地说道："大哥也不容易，你就不能跟他低个头吗？"

他心里很清楚章东源对我的所作所为，也知道自己对我的所作所为。

我心如死灰地看着面前这个以"丈夫"的名义，存在于我生命中十年的男人，笑了笑。十年，任何跟我相识的人，都比他了解我，我跟他只不过是陌生得不能再陌生的人。他永远不会明白，要是我跟章东源低头，就意味着我向章东源、武丝丝认输，就意味着我一辈子，我的女儿这一辈子，再也抬不起头来，也意味着将自己的尊严和骄傲，以及爱着我的人的尊严和骄傲全部出卖。

这个头，我是宁死也不会低的。

也许章凡永远都不会明白，但我非常清楚，章东源的目的根本不是我低头，而是将我逼出章家。

面对章东源和武丝丝的咄咄逼人，加上章家人的围剿，我心里明白，只要我有护住女儿的心，就只能任他们欺凌，只有如他所愿才能摆脱现状。

此时的我，恨意已经到达了极点，也累到了极点。

原来，人在极致的精神压力下，在面对生死时，才会将问题看得透彻，也才会变得狠心。那时候，我开始认真考虑“离婚”这条路。

对我来说，那真的是一个极其艰难的岁月。面对章东源已经为我设定好的结局，面对即将的破碎，我的心每时每刻都沉浸在巨大的悲伤之中。一切已经在所难免，我努力地打起精神为即将到来的离别做着准备。我安排人手对接政府的工作，做这一切，对我来说，特别的艰难，这种艰难很多人是无法理解的，因为糟糕的心理状态，让我根本不想去陌生的环境，去接触陌生的人。而我逼着自己像个正常人一样笑着去做这一切，回家后我便会像耗尽了力气般，沉睡很久。

原来，当我拼命保护着的人们，用刀从背后刺向我的时候，我的身躯和灵魂会一同破碎。

信念的崩塌，是非常可怕的，就像是心里的房子完全垮塌了，心脏暴露在了光天化日之下，失去了保护自己的能力。

我感觉自己很累，很累。那种累，就像是一个行走了千万里不曾停歇的人，每往前行走一步，都要耗费很大的力气。伴随着虚弱的身体，我的精神开始变得沮丧，而我总是会撑到女儿睡着后，才会任由情绪爆发。我会把自己关在房间痛哭，会任由自己躺在沙发上泪流满面，会关了灯蹲在墙角，任泪水将衣襟打湿。每当黑夜将我包围，他们面目可憎的模样以及叔叔倔强的背影，都会像尖锐的刀一样，刺在我的心口，告诉我一切都不值得。在无数个夜晚，我想要拨通西米和林馨儿的电话，想打给叔叔，让自己能有一个助力，但理智都在最后一刻让我停下，因为我知道，他们谁也帮不了我，反而会让他们为我担心。那段岁月对我而言，是那么漫长，每一天每一秒，都是煎熬。

伤心到歇斯底里、毫无力气的感觉我体验过无数次。

人总是在一步步试探中，去窥探对方底线的。章东源眼见着无数次的得逞，我却不反抗，开始变本加厉。他为了能独霸我的成果，将我赶出家门，已经开始丧心病狂了。而我正处在巨大的精神压力旋涡中，已经无力解释，也无力反抗。我麻木地看着这一切，用最后一点残存的力气照顾着女儿，我甚至连笑都很困难。每天接送女儿时，我都会在镜子前练习一次，看着镜子中憔悴不堪的脸，我一遍遍告诉自己：女儿是我的使命，是我的一切，我不能让自己倒下。

我在挣扎中，努力保持着清醒，打理着女儿的生活。但就在这个时候，章凡做出了一件让我无法理解，也无法接受的事。

女儿同学的妈妈中，有一位叫许敏。她的先生陈刚一直是我们心中的模范丈夫，我们经常会在她家打牌，喝她先生调制的鸡尾酒。因为大家经常聚会，爸爸们也都熟悉了，经常会私下聚会，对此我们都很赞成，因为孩子们在一起上学，大家关系走得近是件非常好的事。但在一天晚上，许敏打电话给我，约我见面，她的语气不同于以往的欢快，显得有些低沉，我们约了在她家门口见面。

许敏一向心直口快，她上车后，虽然看上去有些为难，但还是开门见山地说：“章凡带着陈刚去乱玩了，你知道吗？”

听完许敏的话，我的大脑“嗡”的一声，接着一片空白，震惊地看着她：“不知道，什么时候的事？”

她说前几天的事，她打电话的时候感觉不对，逼着陈刚招供出来的。她找陈刚吵架，陈刚跟她说：“这算什么？不就是出去玩吗？有什么大惊小怪，你要是过苏蓁那个日子，够你受的。”

许敏说完看了看我：“陈刚还说，章凡教他男人想在外面玩，就要跟老婆说‘身体不好’，家里面的就不会吵了，也就放心了。”听完许敏的话，我几乎五雷轰顶，愤怒和屈辱的感觉瞬间将我淹没。我怎么也没有想到，章凡会不顾及女儿的声誉，会带着她同学的爸爸出去玩，并且以羞辱我为乐。

就在我觉得已经被打击到快窒息的时候，许敏又说：“好像听说，你老公在外面让一个女孩怀孕了，还请了个人陪他去谈判，用了十几万解决。”

听完，我不知道怎么面对这么肮脏而又屈辱的一切。

章凡从十几岁便开始饮酒，有时候毫无节制，所以身体一直不好，有肾源性高血压。结婚这么多年来，我们分居八年，我理解并照顾着他，因为我觉得，毕竟是两口子，生死面前，其他的可以不计较。

我怎么也没有想到，章凡会在女儿同学家长面前说出这番话。作为一个丈夫，作为一个父亲，他亲手将自己的家推向了深渊。

许敏见我不说话，也许是为了安慰我，说道："不过，章凡也说了很多次，说他们家要不是你，这次完了。"

原来他心里是明白的。

我带着对许敏的愧疚和对章凡的恨意说："真的对不起，我不知道怎么找了这么个人，真的对不起。"

除了对不起，我不知道自己还能说什么，还能做什么。

那天我是带着压制不住的愤怒去找章凡的，他正在跟朋友吃饭，我进去包间的时候，除了他一个已经玩了二十几年叫刘升的兄弟，其余的我都不认识。看到桌上有两位有些年纪的陌生老者，我便赔上笑脸压制住火气坐了下来。刚坐下来，刘升便阴阳怪气地和桌上的人介绍我："这是章凡的原配，苏蓁。"他介绍完，有些得意又有些轻蔑地笑笑，而章凡也看了他一眼，摆出一副兄弟之间心知肚明的表情。桌上的两位老者，毕竟是上个年代心有敬畏的人，刘升介绍完，他们的表情有一瞬间的尴尬，我若无其事地朝他们笑着礼貌地点点头。

他俩是畜生，我不能与畜生为伍，失了人的本性。

我默默地看了一眼刘升，他的那一句“原配”，如同一颗子弹，打在我的心口。愤怒让我的脑中迅速过了一遍从跟他认识，到现在的过往。我意识到，他并不是第一次说着这种话。“章凡厉害呢，处处开花”也是出自他的嘴，只不过那一次没有外人在场。我想我都是尊重他的，他在我家做客的那些时间，我从来都是亲自下厨，好酒好菜伺候着，自认从未亏欠，如今他当着陌生人的面，给我难堪，想来章凡没少在他面前鄙视诋毁我。

是的，当你嫁给一个男人后，你的尊严和体面只有这个男人能给你。

我看着面前这个得意扬扬的男人，想着他知书达理的妻子，憨厚老实的儿子，又想着他外面结交的那个女人，内心的神魔开始交战，那也是我第一次感觉到存在于我意识中的“魔”。

此刻的我，没有了家庭错综复杂的牵制，只是一个单纯的小气女人，内心燃烧着被他浇了一把油的火，熊熊燃烧的大火在我心中嗞嗞作响。我像一只充满兽性的豹子，内心翻江倒海，神魔交战，久久未能平息。但最终，还是神战胜了魔，我按灭了手机，放过了他。最终他妻子的好，让我暂时压制住了对他的惩罚，他不知道，他的心无敬畏，差点让他妻离子散。虽然放过了他，但他的那句“原配”，到现在还是我心里的刺。

那天晚上，我把女儿送去了朋友家，然后找章凡大吵一架，虽然我知道吵架解决不了问题，但内心的火，总要发泄出来。他说我性格有问题，我笑着看着这个无耻的男人说：“是，我的性格有问题，我要能做到你出去乱玩，我还能说声‘你辛苦了’，当作若无其事，你夜不归宿我还能视而不见，我的性格就好了。”

从那之后，章凡开始不归家，而章东源的诬陷从没停止，我看着这个已经被毁了的家，彻底地死了心，正式向章凡提出了离婚。

这千疮百孔的家，我是怎么糊也糊不住了。

提出离婚之前，我进行了很久的思考，主要是关于女儿，还有财产分配，和公司股份分配。

首先，我对自己的财产进行了梳理。好在婚前林馨儿对我的房产进行了规划，这起到了绝对的作用，也让我对她心服口服。

在 2006 年前后，广告行业高速发展，她帮我对收入进行了规划，并贴补了一部分钱，通过关系帮我买了两套价格便宜的房改房，不过，没有用我的名字购买。对于二十几岁，没有理财经验的我来说，这种做法让我不开心了很久，因为没有房子挂在名下的那种安全感。但林馨儿有她的理由，她说我太善良太单纯了，我进入婚姻后肯定会吃亏，会给人算计了，然后举了很多身边朋友的例子给我听，她让我当这两套房子不存在，每个月拿点租金，房子就当存款。我在婚姻中时，有两次打了房子的主意，一次是刚结婚不上班带孩子的那段时间，想卖一套贴补家用；一次是在章凡叔叔公司上班，被他叔叔借了钱不还，手头不宽裕的时候。但章凡的行为让我寒心，所以我打消了这些念头。如今这些房产都有了十几倍的收益，让我有了退路。

也许有人会想，我为什么不去计算他们的财产，反而去计算自己的。是的，要知道站在当时的角度，我不是在离婚，而是在保命。我无法跟你们形容一个人耗尽心力又遭遇了非人精神折磨后的感受，此时的我信念已经完全崩塌。那是一种极端的无助和无力交织在一起的感觉，充满了无奈和疲惫。若不是对女儿的爱支撑着，我感觉那一丝残存的生命力随时会耗尽。我只想活下去。

我要和章凡离婚的消息，在章家亲戚中炸开了锅，因为结婚以来，我算得上亲戚眼中的模范媳妇，尊敬长辈，热情大方，做得一手好菜，和他们相处得也很好，一个家族的孩子老人，都是看得最明白的，但他们并不是很清楚在我身上到底发生了什么。

因为章东源的手段虽然恶毒，但做得极其隐蔽，所以黑暗只存在于他的身后，别人看到的只会是他伪善的笑容。

婆婆和公公知道我想离婚的时候，给我打了很多电话，但我都没有接，他们上门找我，我也躲着他们，对我来说“木已成舟”，大家都不需要再浪费那些真真假假的演技或感情。虽然我对章凡对公公婆婆表现决绝，但还是答应了章凡姑姑一家的见面要求。作为在这个家族我最喜欢的长辈，他们温和善良，一直以来对我很好，见面的那天，姑姑的脸上写满了不舍与悲伤，她几乎是哀求着跟我说：“蓁蓁啊，我们怎么也没想到你想离婚。你怎么也要为小雅着想，小孩还小。”

我压制住心里的心酸，笑着跟姑姑、姑父说：“我已经决定了，你们以后不要来找我，章东源看见了，对你们不好。”章东源这些时间的所作所为大家都看在眼里，我说的她都明白。她舍不得我，我又何尝舍得了她，从嫁进章家那天起，正直而又爽快的姑姑和姑父，还有他们的女儿，一直是让我感受到温暖和爱的人。

姑姑听完沉默了一会，说道：“你妈说了，只要你跟章凡不离婚，你想要什么你就说。”

我看着姑姑摇摇头，不再说话，已经伤透的心，再也回不去了。此后，很多人过来做说客，我都没有改变心意。

最后一次谈离婚的时候，我和章凡都很平静，他的眼中布满了疑惑和冷漠，就好像真的不理解我为什么要和他离婚，就好像他真的没有做错，他说：“我从来没有想过我们会离婚，我怎么也没想到我们会离婚，我这辈子都没想过要离婚。”他说完看着我，我看着面前这个说出来的话分不出来有几分真诚、几分谎言的男人，内心非常平静，就像是已经燃尽的蜡烛，没有了光与热，只剩下燃尽已经凝固的一摊烛泥。看我不说话，他接着说：“要是不离，我们以后跟着朋友们移民去加拿大，一起养老多好。”

看着眼前低眉顺眼的男人，我的内心对他充满了怜悯。他是个本性善良的人，却生在了这样的无情之家。在我们结婚没有多久的时候，便经常听章家人谈论起章凡出生时，因为家里已经有两个男孩，父母想要女儿，再生一个男孩养不起，出生时他就差点被爷爷丢进马桶淹死。虽然后来被章凡父亲阻拦侥幸生存下来，但在家也是多余的存在。两岁多的时候，村里人都在地里插秧，章凡歪歪扭扭地穿过两边都是水坝的狭窄小路去找父母，所有人都在等他跌进水中，看着他被淹死。因为故事太过悲惨，已经超出了我对人性的认知，所以每一次听到都让我心痛不已。我想，这也是一直让我对他百般宽容的原因。但，很多人会把这种宽容当成软弱。

结婚十年，快要分开的时候，我才看到了一个没有了轻佻、鄙视和不屑的章凡，我麻木地摇摇头："不了，离吧，就是小雅还小，离了后尽量不要跟外人说，等她大点再让她知道。"

自从嫁进章家，我都是温和而又隐忍的，此时的我，脸上、眼中却写满了冷漠和决绝。此时的章凡，也意识到事情已经是定局，眼中有几分不知是不是演出来的不舍和胆怯。

短暂的沉默后，他又说道："我只是有点爱玩，年纪大点以后就不会了，男人都是会回归家庭的。"

是的，你没看错，这是他以"丈夫"的名义告诉我："我现在会乱玩，老了就不会了。"

我强忍着恶心与鄙视，打量着章凡，最终选择了沉默，内心的窒息让我只想快点逃离，仿佛多留一秒都会让我窒息而亡。

"我只要现在住的这套房子，和三百万现金。女儿跟你，但是共同抚养，平时我来带，新房子本来是给孩子的，暂时挂在你名下，我要腾出名额买房，等女儿十八岁的时候，过户给她。我的股份放在你名下，由你来代持，并且执行，我的那部分收益用女儿的名义存起来，我和女儿的股份等到女儿十八岁的时候过户到她名下。如果你在女儿十八岁前结婚，就得在结婚前把房子和股份过户给女儿。如果法律有限制，就过户给我。女儿还小，我们就算再婚也要等到孩子初中毕业，至于车子，保时捷留给你，我偶尔会用，那辆小车给我开。”

要知道，从去年起“福民汤包”一年的净利润就已经超出了千万，三百万只是一个极小的数字。我说完这一切的时候，章凡低头不语了一会，也许是出于愧疚，他低头说道：“好，这些我都答应你，车子过两年给你买辆新的，每个月一万五的生活费，你拿着吧！”

我点点头说：“好。”

他问：“你想要什么车？”

我说：“你也知道我对车要求不高，三四十万就行，这两年孩子学校门口也没法开大车，我的小车就先这么开着。”

他诚恳地点点头说道：“我就这一个女儿，以后我肯定会对她好的。你放心，我以后不会再要小孩的，股份和房子肯定会给她，我以后就算结婚，也会等到她初中毕业，我会保护好她的。”

听他这么说，我便放了心，因为我认为章凡是善良的，念在我撑起这个家的分上，他也会信守承诺。

我想，最起码在这一刻，他是真心的，还是有些良心和理智的，那时候的我始终认为他不会亏待我和孩子。

在某种层面上，我和章凡之间的契约，已经超越了法律和合同，来到了道德和良心的层面。因为我明白，只要公司股份在我名下，章东源有的是办法将利润掏空，而放在章凡名下，他们家自然会平衡好利益，我只是想让“福民汤包”好好成长，不去辜负这座城中人们的热爱和情怀，以及让我的女儿顺利拿到公司我名下的股份。在我心里，这是我的两个孩子。

如果不出所料，章东源将我赶出章家后，他会在谋划自己利益的同时，继续用利益拉拢家庭成员，洗刷他恶人的面目，演绎家庭和睦的剧本，而这么做的目的是进一步笼络人心，巩固他在家里的权力和地位。如果按照这个剧情发展，只要章东源不动公司架构，不动我和女儿的利益，只要章凡能信守承诺，一切都将变得简单。

说完这些，章凡说：“我去和大哥还有爸妈商量一下。”

在他准备出门的时候，我喊住了他，然后一字一眼严肃地告诉他：“守好我留给女儿的房子和股份，如果你没有做到，你们会付出相应的代价，我希望不要有那一天。”

章凡听完没有说话，转身出了家门。此时的他，是听不懂这句话的。把女儿留在这个家，是因为我不能自私，这里有她血脉相连的一大家人，有她喜欢的爷爷奶奶，叔叔姑姑，哥哥姐姐，还有她爱的爸爸。再者，虽然只是名义上留在章家，但我会一直陪着她长大。

和预想的一样，章东源听说我提出离婚，是大喜过望的，因为他的目的达成了，迫不及待地组织了三兄弟见面。当我坐到三兄弟面前时，章凡低着头一脸怯懦，章东远情绪看上去有点低落，只有章东源，脸上带着得胜的骄傲，眼中有着掩饰不住的得意和窃喜，他布局已久的棋局，终于可以将我的军了。如此优越的离婚条件，章东源怕我反悔，几乎是忙不迭地同意了我们的离婚方案，毕竟区区三百万，只是一个零头。

章东源得意着他计谋的成功，而我也有了自己的计划，我在心中落下了一盘棋，做了他那么多年的棋子，我也回敬他一盘棋。这盘落在我心里的盲棋，催动棋子走向的，是“善念”与“恶念”。而我，把这盘盲棋定为象棋中的“三杀”局，我给他们三次机会，一子给章东源，一子给章凡，最后一子给章家的所有人。

三步定胜负，三步定乾坤。

第十三章

救赎

2017年7月，终于，在我进入婚姻还有三个月便整十年的时候，我结束了这一场让我痛不欲生的婚姻。虽然麻木，但我是笑着拍完离婚照的。虽然笑得很难看，但在陌生人面前保持微笑，是我的本能。

在走出民政局的那一刻，我带着百般的滋味，去回看了十年的婚姻。也许我结婚前，因为心直口快犯过错，因为年少无知得罪过别人。但在这段婚姻中，我是多么努力。作为一个媳妇，作为一个妻子，作为一个家庭的成员，每一个角色，我都那么用心，那么努力。我在这个家活得顶天立地，问心无愧。

不管怎么样，在我三十五岁这一年，我终于自由了。我就像一个困在瓶子中很久的人，奋力冲破了瓶口，狭小的瓶口让我遍体鳞伤，但我自由了。

我知道，对于一个女人来说，离婚并不是终点，因为过去的伤害需要去抚平，未来的路也未必会轻松。那天深夜，当我意识到自己“离婚”了的时候，生生被惊醒，一种空洞的感觉将我包裹。传统的教育、传统的家庭、传统的思维，“离婚”两个字，像一把利剑，将我钉在道德的耻辱柱上，让我饱受煎熬。我睁开眼睛看着家中熟悉的摆设，有一些迷惘，我的“家”没了。那一刻，我才感觉到椎心刺骨的痛，不是为章凡，而是为我的“家”，我呕心沥血想要维护的家，它还是散了。

我赤脚站在冰凉的地板上，看着夜色中空空的房间，下床来到了女儿房间，女儿睡得正香。我蜷缩着在她旁边躺下，找到了一丝踏实的感觉，于是又昏沉沉睡了过去。

梦中的我并不快乐，被各种扭曲而又奇怪的梦纠缠着，压抑而又恐惧，我会在惊醒的时候摸一摸身边的女儿，似乎这样，才能让我感觉到几分真实。

第二天，我拿着过去的照片站在镜子前面，看着镜子里被折磨得肿胀而又憔悴的自己，觉得无比陌生无比厌恶，仿佛那些肿胀之下充斥着各种各样的垃圾，让我厌倦不已。

离婚后的日子，开始并没有太大的变化，我每天还是负责女儿的饮食起居，章凡也还是按照约定住在他的房间，而我，依然在女儿面前编织着“好爸爸”的故事。离婚后，没有了章东源的牵扯，我和章凡之间的关系反而变得轻松缓和了很多，为了能让女儿感受到父爱，我努力改善着和章凡的关系。对我来说，跟章凡好好相处是为了能让女儿感受到家庭的和睦，感受到父母的爱，至于章凡怎么想，我并不在乎，我的目的只是让女儿感受到爱与温暖。他的存在，只是一个演员而已。

自始至终，我都为自己没能在这场婚姻中坚持下来，为女儿需要面对家庭的破碎而带着遗憾和愧疚。我承受着良心和梦魇折磨的日子持续了一些时间，心理上的压抑也越来越严重。纵使我白天极力地回避现实，但夜晚的噩梦总会一遍遍地向我播放那些不堪的回忆。

有时候，是章凡不在家，深夜女儿高烧，烧糊涂的时候对我说家里有鬼，我瑟瑟发抖地抱着惊恐的女儿，对着空空的房间大骂壮胆的画面。有时候，是我在图书馆一排排高耸入云的书架下焦急徘徊的画面。有时候，是婆婆和嫂子们在一起谈笑风生，转眼却消失不见的画面。有时候，是武丝丝半人半兽，眼神凶狠的画面。梦将我试图藏匿的过去，半真半假地送到了我的面前。而身在梦中的我避无可避，每一次梦醒，身边总是伴随着无边的空寂。我意识到，我被章东源的恶意侵蚀太久了，它们击溃了我的所有，附着在我的五脏六腑之内，吞噬着我。

离婚后的很长时间，我都是浑浑噩噩，深夜的时候却又清醒得无以复加。痛苦、愧疚、恐惧等这些复杂的情绪在我的身体里交织穿行，最终汇聚成一种无比压抑的情绪。那种感觉，就像我是一个囚徒，被关押在一个没门没窗，也让我无处逃避的狭小、黑暗的房子里，也无力可逃。每一天，我都无助地躺在床上，任令人窒息的绝望将我吞噬。而这种痛苦，没有经历过的人，永远不会明白它的可怕。

对女儿的爱，让我始终有着极强的求生欲。我的心里其实并不惧怕它，因为它不像其他疾病那样，会在身体上出现症状。所以我把这种折磨定性为一种情绪上的、暂时性的感觉。这种定性就像是一种对自己的心理暗示，我一直告诉自己，纵使再难过，终究会过去的，我可以战胜自己。

我知道自己正在经历什么。我曾经在陪一个长辈在脑科医院就诊时，见过抑郁症患者集体坐在一个房间吃药的场景。每个人都无一例外，眼神空洞而又麻木地坐在那里，等待着医生发药。他们之间没有交谈，压抑而悲苦的情绪写在脸上，让我触目惊心。所以，我不想医生为我贴上“抑郁症”的标签，对我来说，只有不被定性，一切才会有更好的可能。

我也曾试着跟身边的朋友诉说我的遭遇，可是我不知道怎么才能将那么复杂的过往叙说出来，所有人都在劝我要朝前看，所有人都在劝我要放下，最终，我所有想要说出口的委屈，都会伴着压抑的哽咽化成一句:“嗯，好的。”那时候，我才知道人类的悲欢并不相通，便也不再跟任何人说起。

几乎每一晚，同样的感觉都会上演，压抑甚至让我觉得连呼吸都困难，而我大口呼吸的时候，眼泪便会倾泻而下。终于，在某一个夜晚，我决定不再忍受，决定走出房子，去能让我大口呼吸的地方。我开车来到了梅林山脚下，下车后看着眼前黑压压的大山，毫不犹豫地丢下车，走进了没有灯光，隐匿在黑暗中的盘山道。现在回想起来，我也不知道为什么要选择丢下车走进去，也许是想用黑暗去对抗内心的黑暗，也许是想用身体极端的累去和内心做对抗，也许是觉得黑暗的尽头有我熟悉的地方。总之，一向怕黑的我，那天晚上像一个没有灵魂，没有感知的躯壳，麻木地游走在黑暗的道路上，不知道恐惧，不知道冷热，不知道喜悲。那些隐藏在黑暗中，阴森恐怖的风声、鸟声，还有那些辨认不清的骇人声响，我都已经无从察觉。那晚，我也不知道我到底走了多久，也不知道终点在哪，亦不知道何时会停下。

在我感觉到自己被一束光笼罩的时候，身旁出现了一辆车，车里面两女一男伸着脑袋看向我，开始，我并没有理会他们，只是继续朝前走。那辆车跟了上来，副驾驶上的女孩一脸关切，犹豫着跟我说："那个，一个人吗？要不要我们带你上山？"面对陌生人的好意，我努力挤出笑容，费力地挤出微弱的四个字："不用，谢谢！"说完，我又头也不回地向前走，对此刻的我来说，开口说话都是费力的。小车在我的前面缓慢驾驶了一会儿后，加速开走了。而我，继续麻木地在黑暗中行走。

不知道走了多久，我忽然看到之前的那辆小轿车，停在前面不远的拐弯处。在车灯的映照下，我看见三个伸得长长的脑袋，关切地看向我的方向。那一刻，突然有一种温暖的力量从我的内心向全身蔓延，瞬间击穿了将我紧紧包裹在黑暗中的冰冷的铁甲，我感觉到了他们传递的善意和温暖。同时，意识的觉醒让我对周围的环境迅速有了感应，深山中寒冷的风，身后浓重的黑，山中野猫的嘶叫声等。伴随身体感知的觉醒，衣着单薄的我感觉到了冷，也感觉到害怕。我看着前面默默牵挂我的陌生人，一瞬间泪流满面，喃喃地对她们说着“谢谢”，然后迅速转身，跌跌撞撞向着山下狂奔而去。

在那一刻，我终于体会到了稻盛和夫在做行脚僧时，清洁大婶给予他无私关爱时的那种，像全身电击一样的，无上的幸福感！也终于理解了善良的意义。

原来，可以化解这一切的，是爱与温暖，谢谢你们。在后来的时光里，我一直铭记着这三个偶然出现在我生命中的陌生人，虽然我没有机会再向他们当面说谢谢，但在我心里，我说过了无数次，谢谢你们！也许他们是上天派来解救我的天使。

人生真是讽刺，那些让我倾尽爱与温暖守护的人，视我为仇敌，而那些萍水相逢的人，却给了我无私的帮助与温暖。那些所谓的亲人将我亲手推进地狱，而那些陌生的人却救我于水火。

那晚之后，我的身体就像是被注入了一股力量。我虽然还是悲伤，却没有了那种被困在暗无天日房间里的感觉。这种力量就像是人性黑暗中的一抹光，让我看到了希望，我开始积极地对抗负面的情绪。因为女儿一个人在家，我并不能脱离家去寻找办法，所以，我将目光投向了书，我试图通过书中某一段文字带给我的感觉，去抵抗悲伤。书架上的每一本书都是我研读过多次的，有很多章节我都熟记于心。开始我试图用佛经来开悟自己，《金刚经》《心经》，两天尝试下来，最终以失败而告终，因为在悲伤和焦躁之中，我根本没有办法集中精力去领悟佛经的奥妙。接着我又把目光锁向内容诙谐、文风轻快的书籍，我将大冰的《乖，摸摸头》，天下霸唱的《崔老道传奇》系列搬到床头，一番翻找研读后，发现书中那些曾经让我觉得有趣的、诙谐的，插科打诨式的描写，此刻在我眼中竟是毫无趣味。也许是过于悲伤，我的灵魂就像是被封闭了一般，毫无波澜。我有些无奈，只能将书又放了回去。

经过无数次尝试后，韩国作者崔仁浩的《商道》进入了我的眼帘。这是一本陪伴了我十几年的书，书名起得看似商业，事实上这却是一本博大精深的小说。这本书虽然是出自一位韩国作家之手，却引用了大量中国典故，将经史子集、佛教典籍与经商理念、人生哲学融会贯通，打成一片，是一本颇具哲理的小说。书中的典故和人物事迹，值得反复推敲，每一次我重新阅读都会有新的感悟。多年来，这本书一直是我自我激励、自我反省的动力，常伴在我的左右。为了能随手翻阅，我买了三本，分别放在客厅、卧房和行李箱。

这本书，不管是对世人提醒“凡事有度，欲望不可过满”的诫言，还是关于“宥坐之器”“戒盈杯”的描述，以及石崇大师临终时的绝笔“千秋旅情百代事，浮云起灭月亏盈”，都蕴含着天道。但真正和我灰暗的灵魂找到共鸣，能让它安静下来的并不是这两处，而是第七章“戒盈杯之谜”一章中，禹三趸在失去了妻子、儿子，还有尚未出生的女儿时，他在极度的悲伤中，将逝去之人用黏土捏成了泥偶，从而大彻大悟的故事。

佛教说，人的躯体只不过是泥、水、火、风。其实，人就是从泥土中来，再回到泥土中去。禹三趸受此开悟，他最终明白了人生原本既无‘有’也无‘无’，既无‘生’，也无‘死’，既无‘来’也无‘去’。他为之痛苦的根源是想要原本是泥土的一切，这期盼拥有、挥之不去的欲望就是这块泥土的本质。所以，一切悲伤和痛苦都生于自己的欲望和情欲。最终，他将用黏土捏成的妻子、儿子以及尚未出生的女儿和“自己”放入了水中，进行了水葬。他用这种方式，将俗世中的自己和挚爱的亲人，一同溶化在河流之中。

此后，世上再无禹三趸，却多出来一位石崇大师。是的，石崇大师便是禹三趸，他在开悟之后，便遁入空门。而我是个俗人，我并不想遁入空门，我只想赶走那些如影随形的悲伤。

无数个深夜，我都在无法忍受的压抑中捧起这本书，反复研读着里面的章节，然后泪流满面。沉浸在悲伤中哭泣，总是会让我对自己失望。眼泪流下的那一刻，厌恶已经大过悲伤。而在这本书中，眼泪已经不只是为自己而流，也是为文中的禹三趸而流，有时候我甚至已经分不清到底是为谁而流泪，但这样的哭泣能让我没有顾忌纵情悲伤。这样的哭泣也带着警醒，禹三趸的存在，提醒着我，我的痛苦不过是一瓢水，而他的苦难却是一片海。人生，真正的苦难，是失去生命，一切不可重来，而我拥有着无限的可能。

第十四章

荒芜

对我来说，年幼时读书，是为了通过书去看世界。年少时看书，是为了学习方法。现在看书，却是在寻找一种共鸣，一种心灵上的慰藉。我在陪伴了我十几年的书中，在文字的洗涤中，安葬了我一部分的痛苦。

之所以是一部分，是因为女儿上学的原因，我暂时没有办法离开旧的住处，而在这个房子中，充满了十年来所积攒的不愉快。当我看到衣柜上的凹痕，我会想到章凡喝醉酒无数次砸手机的样子。看到穿衣镜，我会想到章凡不在家，镜子外框散架，深更半夜突然倒下来时的那种惊恐。看到坏了的灯，会想到保险丝突然烧掉断电，我抱着女儿一边唱歌壮胆，一边摸索着收拾东西出门时的无奈和恐惧。它们无时无刻不在提醒着我曾经的狼狈和辛酸。有时候心理的疗愈，需要脱离让自己觉得不愉快的现实环境，否则过去会像鬼魅一样，不知道什么时候就会出现在你身边，敲打着你脆弱的神经，提醒着它们的存在，像赶不走的苍蝇一样令人讨厌。

为了不让女儿因为我和章凡的离婚而受到更大的影响，我和章凡离婚的事没有告诉大嫂二嫂还有两个孩子，偶尔我会和她们聚聚。

在我和章凡离婚一年后的某一个夏天，正在带章子馨和女儿游泳的我，突然接到了二嫂的电话，她的语气非常急促，简短地问了我一句："你在哪？"我感觉到有什么事发生，便告诉她："带子馨和君雅在体育馆游泳，怎么啦？"她匆忙说了一句："后面跟你说。"便匆忙挂断了电话。

因为要看孩子们游泳，我便没有再追问，但心里隐隐觉得有些不安。大概两三小时过后，我接到了大嫂的电话，电话中她呼吸急促，约我在我家碰面，让我带着孩子们过来，但也不说什么事。我带着孩子们匆忙赶到家后，二嫂领着章瑞已经在门口等着了，大嫂随后也到了，只见她左手托着右手的膀子，风风火火地进了门。看见她这个样子我愣了一下，我已经很多年没有看到这样的她了。只见她动作迅速地换完鞋后，昂首挺胸地走向了客厅，我察觉到气氛中的不寻常，在安排好女儿进房间写作业后，迅速来到了客厅。这个时候，我才注意到大嫂的右手一片青紫，左手叠戴的银手镯有一个已经完全变形，但她的脸上写满了快乐和骄傲。

大家坐定后，大嫂兴奋地说："我把武丝丝打了。"

就在我激动而又惊讶的时候，二嫂说："我就说嘛，怎么会多一个老板娘。”

接下来的时间，我在大嫂和二嫂激动的讲述中，还原了事情的经过。

事情的起因是因为公司的会计许清。许清我在前面提到过。她是我的好友。因为为人热情，做事周全，在被我带入装饰公司后，又在我和章凡的推荐下在“福民汤包”负责财务。之所以这么安排，是因为章家的人都认识她，而且她的品性有目共睹，是最合适的人选。

这件事发生的时候，她已经在“福民汤包”工作两年多了，除了负责财务，还负责和各店的店长对接。

这件事发生的前一天，因为各店的美团要同步更新，为了方便和美团的工作人员对接，许清便将各店的负责人组了一个微信群。二嫂因为一个店的店长有事请假，便让店员把她拉进了微信群，而正是这样一个插曲，才发生了后来的事情。

第二天下午，许清要求各店汇报人员值岗的情况，有店长不在的，总部方便派人。轮到一个新店汇报的时候，许清发现汇报的是一个新来的店员，怕她没有经验，便准备派一个人去。在通知了对方准备派人的时候，这个店员在微信群里说了一句：“不用派，我们老板娘在。”

这句话并没有引起许清的注意，毕竟家里好几个老板娘，但引起了二嫂的警觉，于是便发生了开头的一幕。

按照章东源的说法，半年前他就从账上拿了钱，给武丝丝买了房子，两个人已经分手了。所以武丝丝再次出现在店里，必定是章东源欺骗了全家。

二嫂在核实了我不在店里后，便迅速给大嫂打去了电话。此时的大嫂正在家里看电视，听二嫂说完，她便意识到店里的那个女人是武丝丝。她迅速跑到门边，换上了高跟鞋，准备用高跟鞋揍武丝丝一顿，转念一想穿高跟鞋打架的时候不好打，便又换上了运动鞋。

说到大嫂，不得不提起她的成长背景，大嫂小时候是随下乡的父亲在内蒙古生活的，广阔的天地赋予了她极大的自由，练就了她胆大的性格，言语不多，逼急了就直接动手。在章子馨小的时候，她曾经把游乐场的一个家长揍得鼻血长流，原因是章子馨和一个小孩玩滑滑梯的时候产生了矛盾。本来小孩之间打打闹闹很正常，没想到孩子的家长不依不饶，对大嫂破口大骂，脏话连篇。大嫂一句话没回，那妇人看大嫂不说话，认为好欺负，更是变本加厉，五分钟后，大嫂两拳直接落在她的脸上，随后对方报警，两人都进了派出所。不过，大嫂很快便从派出所出来了，因为挨打的那妇人在派出所哪怕流着鼻血，嘴里还是不干不净地在骂着，连派出所的民警们都听不下去了。最后大嫂爽快地交了赔偿，被章东远和章凡接了出来。这件事曾一度是家里的笑谈。可以说，打架这件事，大嫂是有经验的。

因为害怕太激动开不好车，大嫂换好鞋后便一路狂奔到路边打了一辆车，直奔新店而去。对一个女人来说，八年的隐忍和屈辱，无论是新仇还是旧恨，任谁都会热血沸腾。大嫂在去的路上，估计连打人的姿势，打什么部位，都在心里演练过无数遍了。大嫂冲到店里的时候，那位“老板娘”正在收银台里面，一手拿着梳子，一手拿着镜子，得意地对着镜子欣赏她的容颜，对大嫂的到来毫无防备。从后来知情人透露的信息得知，章东源在一家人面前许诺，买了房子和武丝丝分手都是幌子，那是因为一家人强烈排斥武丝丝，章东源为了巩固他在家里的地位所实施的权宜之计。房子买完之后，武丝丝便被他隐藏到了幕后，还将她的女儿安排到了比较远一点的店里上班。那家店里大部分的员工都是武丝丝老家的人，而武丝丝今天之所以到店里值班，是因为她女儿有事，她来顶班。

对于这一切的巧合，只能说，善有善报，恶有恶报。

大嫂看到武丝丝后，一刻也没有耽误，放下包一把揪起了武丝丝的头发，将她从收银台里拖了出来，对着那张大嘴就是几拳。我曾经跟大嫂说过，要是打武丝丝，就先打那张看上去能吃人的大嘴，大嫂是记得的。看到“老板娘”挨打，后厨的人员都大呼小叫地围了上来，大嫂一手揪着武丝丝的头发，一手霸气地指着店里的人吼道：“看清楚了，我才是老板娘，这个女人勾引我老公，你们谁敢上来我就打谁，然后把你们开了。”

新店开在一个大型超市里面，虽然是下午，但超市还是有着不少闲逛的老年人，听到这么大的动静，大家纷纷围了上来。店里面准备上前的人，在听到大嫂的话，看到大嫂骇人的气势后，也疑惑地停下了脚步。大嫂顺手拖着武丝丝的头磕向了桌子的边角，一下又一下，一时之间，武丝丝已经血流满面，眼看着要出人命，围观的人喊来了保安，三个身强体壮的保安上前架住了大嫂。八年的仇恨，岂是三个保安就能按住的？大嫂眼见着手臂受阻，便用脚踹向了武丝丝的肚子，直踢得武丝丝惨叫不已。那武丝丝眼见小命就要交代在大嫂手里，跪在了大嫂面前，开始磕头求饶，说再也不敢了。看到武丝丝磕头，围观的人群也明白了怎么回事，顿时议论纷纷，有骂武丝丝的，有说她长得寒碜不如原配漂亮的，总之都是支持大嫂，热血沸腾的人群中不时有人大喊“打得好”，群众的眼睛都是雪亮的。

最终，大嫂对跪地求饶的武丝丝撂下狠话：“以后看见你一次打你一次，要是再在店里看到你女儿，我一定不会放过她。”

大嫂跟我们说完这一切的时候，正像个温顺的猫一样抱着腿蜷缩在沙发的一角，脸上带着傻傻的笑，看上去有种傻乎乎的可爱，正如我刚进章家门，我认识她时的样子。此时的她，脸上没有了哀怨，没有了愁苦，没有了眼泪，只有平静。看着这样的她，我由衷地觉得高兴。

这个场景，我已经想象了无数遍，如今大嫂这一打，总算是暂时解了我心头的恨。

我看着眼前说说笑笑的嫂子和孩子们，恍若隔世。我们已经陪伴彼此十年了，十年的时间，大嫂二嫂的脸上已经有了岁月的痕迹，孩子们也已经不再是小娃娃，长成了大姑娘大小伙。一年前，他们还是我的家人，如今却已物是人非。我曾想过，如果武丝丝没有出现，如果章东源和章凡不是那么混账，我们还能像从前一样，说说笑笑，在平平淡淡中彼此扶持着把孩子拉扯大，一起慢慢变老，那该有多好。我认真地看着面前的每个人，想把这些画面刻进我的脑海。我明白，这样相聚的机会已经不多了。

大嫂打了武丝丝后的第二天，我听到了章东源在办公室大发雷霆的消息。他不敢动大嫂二嫂，所以把火都发在许清身上，责怪是她导致了这一切。

有些人错，永远不会承认自己错，他会用暴力和愤怒还有荒谬的逻辑，将自己的错误强加给别人，让别人去替他承担错误的后果。这是章东源一贯的强盗逻辑，亦如他对我做出来的那些事一样。不久后，我和章凡离婚的消息，便传开了。其实从一开始我便明白这件事不会被隐瞒太久，因为章东源会迫不及待宣布他的胜利，以便进行下一步计划。再一个，要一个酒鬼保守秘密，那是不可能的。虽然已经避无可避，但我还是保护着女儿，不让她知道。我之所以不对外公布消息，一方面因为女儿，一方面也因为自己。

虽然“离婚”这个话题在现今已经屡见不鲜，但我知道大多数人对离婚的女人还是带有着“偏见”。当然这种偏见除开来自每个人看待事情角度的不同，以及所带来的观念不同，还有些是来自人们对于未知的、潜在的危险假设，例如：她长相还不错，单身后，会不会勾引我老公。假设后，便会拉起心理防线，从行动上去疏离。有些人会从自身的角度出发，将对方代入自己的生活环境，去判断对错，例如：她觉得女人只要包容、顾家、生活检点，家庭便会幸福。这个时候她会用审视的目光去看待我，并用她的经验对我进行否定。

总之一百个人，可能有一百个看法。再从另外一个角度出发，“寡妇门前是非多”，离婚的女人也一样。为了避免是非和不必要的麻烦，每每有人听到传言，跟我核实的时候，我便会用沉默去对待，不承认也不否认。这是我保护孩子，也是保护自己的方式。而面对我的家人，我同样也没有透露，一是不想让他们为我担心；二是不想他们因为担心而对我的生活产生过多干预。

离婚的消息半公开后，影响也在慢慢扩大，让我面临着考验。十年的生活，我和章凡拥有很多共同的朋友，其中有很多有着利益的牵扯，如今面临分别，有些人虽然不说，但已经在行动中体现了出来。对于他们的抉择，我是理解的，这是基于对“天下熙熙皆为利来，天下攘攘皆为利往”这句话的理解。有时候，所谓选择，不过是趋利而行而已。理解了这句话，便会理解所有人的选择，也会尊重他们的选择。

虽然此时的我，说得云淡风轻，但只有我自己知道，那时候本就筋疲力尽的我面对友情的变化，是多么的伤心。面对那些我曾无私帮助过的人，面对那些我曾给出过真心的人，他们的离别，于我而言又何尝不是另一种背叛。对于一个已经千疮百孔的人来说，面对这些内心一度曾经十分依赖的人的背叛，更是雪上加霜。

而我，已经无力再去计较对错，只能任痛苦的浪潮，将我一次次拍进冰冷的湖底，不再挣扎。“人体就是一部复杂而精密的仪器，各个脏器及系统既各司其职，又紧密合作。”既然是仪器，那总要有合理的休息和保养时间。显然我并没有做到，或者说，以前做到了，但最近几年没有，所以身体对我发出了警告，我生病了，一种免疫系统的疾病，带状疱疹。

这是一种能让人痛不欲生的疾病，那种排山倒海式的疼痛，瞬间将我从精神的十级疼痛，带进了身体的十级疼痛。这是一种电击痛，疼痛的折磨让我彻夜难眠。某些时候，我感觉自己是用意念在支撑。更可怕的是这个疾病的后遗症，疤痕，神经痛，都是我需要承担的。经历过种种磨难后，骨子里的坚强让我不想坐以待毙，在朋友们的推荐下，我挣扎着来到了某家中医院，以治疗带状疱疹为名将草药带了回来。又在和主治医生沟通后，为自己制定了食谱，开始了和病魔的抗争之路。

医生说，带状疱疹是免疫系统的疾病，需要多吃多睡，除了牛肉海鲜辣椒不能吃之外，需要尽量多进食。我虽然有心多吃，但剧烈的疼痛让我连起身的力气都没有，倔强的我只能向朋友求助。第二天医生带着护士查房的时候，隔壁病房正鸡飞狗跳，因为有一位年轻的女性带状疱疹患者，被病痛折磨得想跳楼，正被人拉回来按在床上。当医生领着护士进入我的病房时，被病痛折磨得眼泪直流的我，正坐在床上，左边是护工在给我上药，右边是朋友正端着碗给我喂饭。而我正在疼痛的折磨下，一边抹眼泪一边吃。看到这样的场景，查房的医生和护士都觉得好笑不已，调侃我是将医嘱执行得最到位的那个。

很庆幸，在正确的医治和我积极的配合下，疼痛消失了，当疼痛消失的那一刻，我觉得世界是如此的美好，美好到连医院的空气都是甜的。当我在被疼痛折磨的时候，我憎恨着命运的不公平，让我遭受这样的磨难。但我在疼痛退去，等待带状疱疹愈合的那段时间，忽然意识到一个问题，我好像很久没有遭受那种巨大的压抑感了，这场突如其来的疾病所产生的剧烈疼痛，就像是把它消灭了一样。

痊愈后的日子，身体并没有复原，巨大的疼痛几乎耗尽了我所有的力气，我感觉自己非常虚弱，每天大部分的时间只能在床上休养，这让我有了很多的时间去关注自己的精神状态。在等待痊愈的那段时间，我并不敢去仔细观察自己的精神状态，因为害怕压抑感会突然而至，从而影响身体的恢复，如今身体的痊愈让我变得胆大了一些。

我让家政阿姨帮我打开了窗帘，让温暖的阳光洒进房间，又让她给我拿了几个柔软的垫子垫在了身后，然后泡了一杯热茶，让自己用一种舒适的状态置身于光与暖当中，积蓄着力量，准备去面对黑暗。因为我知道，逃避并不是好的办法，我需要找到让自己痛苦的根源，去找到解决的办法。

我像个站在水坑边，一点点试探水深水浅的人，缓慢而又谨慎地将“出轨”“掠夺”“伤害”“背叛”这些字眼送到我的眼前。让我惊讶的是，随着思想的深入，痛苦的感觉并没有到来。现在的我面对那些曾经将自己折磨得死去活来的人或事时，表现得就像一个老态龙钟的老人，虽然带着心绪微澜，但更多的是淡然。这种发现让我感觉有些奇妙，原来人的身体和心理是相连的。虽然我还没有办法具体去佐证这种相连，但我已经找到了尝试的方向。

杯中的温暖传递到我的手心，我靠在床上失神地望着窗边，看着微尘在光束中飞舞，感受着人间久违的美好。大脑中出现了很久以前在一本书中读到的一句话，“修行须带三分病，病是修行的助缘，不是修行的敌人。因为生病时人的欲望会降低，贪嗔痴会被大程度降伏，攀比心、嫉妒心、造作心、嗔恨心也都会一定程度上减轻”。

“借病修行，借痛觉心。对修行人来说，疾病是恩赐，而不是惩罚。”我心中默念着这句话，以前看到这句话的时候，我是困惑的，不是很明白，所以便没再细想，现在经历后再去看，想着，是了。那剧烈的疼痛将我的贪嗔痴降伏了，我在极致的痛中，体验到身在地狱般的痛苦，痛过之后再睁眼看这人间，觉得能健康地活着是多么幸运。

我想，这种经历，大概就是人们常说的“开悟”。因为营养补充得全面，一段时间后我的身体开始复原，没有后遗症，也没有留下疤痕，就好像曾经那极致的痛楚，是一场幻觉。

这一次的发现，虽然让我觉得神奇，但我不知道该如何让身体和心理之间产生联系。而我虽然不再像过去那般痛苦，但也没能找回过去的快乐，我的精神就像是遭受过带状疱疹之后的身体那样，有着大病复原后的萎靡不振。我不再像过去那般，有着思维上的跳跃，有着旺盛的好奇心，我感觉自己成了一个非常淡漠的人，虽然在相熟的人面前还是那样欢声笑语，但自己知道，那是伪装的。我在笑，却不是真心的笑，就像是强迫自己在进行一场不情愿的表演，只为了不被人看穿我的脆弱。

我的情绪变成了一条没有起伏的直线。

此时，我的身边，大部分的朋友已经渐渐与我疏远，留下的一部分，都是从小玩到大，以及真心相待的一小部分朋友。而此时的我面对这些不离不弃的朋友，却突然感到了很多的压力。因为我觉得此刻的我，很陌生，很冷漠，很难对一件事情产生强烈的情绪。那种感觉就像是被困在一个荒芜而又残败的世界，这个世界充斥着极致的灰暗，像是一个被金戈铁马，战火肆虐过后，荒废已久的战场，虽然看不到战死的将士，但处处充满了生命颓败的悲伤。那种悲伤，虽然不强烈，却如洪水般在我周围流淌，我所经之地，皆草枯花败。我感觉到那曾经遍布我四肢百骸的悲伤，浓缩成了一块化不开的墨，藏在了我身体的最深处。

原来悲伤并未远离，只是藏起来了。

第十五章

整理

我偶尔会问起章凡公司的事，但并不会记在心里，因为在我的心里已经自动将一些事、一些人进行了屏蔽。在我的观念中，过去发生的每件事，过去存在的每个人，不管事情有没有结束，不管人还有没有往来，只要发生过的，他们都不曾真的从我的生命中消失。因为这些事、这些人都曾主导了自己生命的走向，所以，每个人在我面前出现的时候，都会搅动过去的磁场，多多少少都会带着过去的记忆而来。如果在过去，我会非常乐意接受这样的磁场，甚至会觉得非常有趣，但在我人生发生翻天覆地变化的现在，不管好的坏的，都是负担。

我想整理自己的心，就像整理房间一样，把所有能移动的东西都拿出去，把所有的架子抹干净，将地拖干净后，再将物品清理干净，该扔的扔，该放的放回去。而我，需要将心里的东西都拿出去，重新规整。整理心里的东西，并不会像整理房间那么轻松，拿出去的东西，有可能因为一个念头，又回到原位，所以，人往往需要强大的“屏蔽力”才能将心清除干净。

在我看来，“屏蔽力”其实就是一种专注力。如果说思想中的某一个空间是存放记忆的仓库，那屏蔽力就是大脑在仓库里根据需要筛选出有效信息后，对未提取的信息进行屏蔽，这样自己才能专注于有效信息。而我目前要屏蔽的，是曾经在章家发生过的所有事，还有和章凡共同的朋友。

在意识到自己的悲伤并未化解，心理极度冷漠的时候，我明白自己并未痊愈，因为面对很多关心我的朋友和领导在微信的留言，我连回都不想回，电话也不想接。虽然不回信息，不接电话，我的心是愧疚的。我在和人交往时，说话总是会有一种带着怒气的冷漠，比如说服务员问我要不要更换碟子时，以前我会笑着说：“好的哦，谢谢！”现在我只会冷冷地说：“不用。”邻居和我打招呼时，我不会像以前那样热情地回应，我会用疏离而又勉强的笑容去应付，也不会开口说一个字。面对陌生人的问路，我会视而不见，擦身而过。

渐渐地，我意识到这不是我，我的身体就像是被一个冷漠的灵魂占据了，曾经那个热情而又友善的灵魂不见了，我变成了自己讨厌的样子。

面对这样的变化，我觉得有些焦虑，因为冷漠是伤人的利器，不管是对朋友也好，对陌生人也好，都是极大的伤害。当我意识到这一点时，我曾试图去改变，似乎每次都只有在做错后才会意识到自己错了，内心会内疚，却已无力改变。为了不让朋友们受到伤害，也为了不失去他们，我在深思熟虑后做出了一个决定。我把留在生命中最珍贵、最在意的人们，列了个名单，然后打起精神，一一对他们做了一个短暂的告别。之所以做这个决定是因为，我既不想自己的冷漠伤害到朋友们，也不想逼着自己改变，去假装热情地迎合朋友们，我很疲惫。我不想迎合别人，也不想强求自己。我决定一个人独自去面对身体里那个陌生的、冷漠的灵魂，将过去的自己找回来。

也许，这一切听上去会令人觉得有些好笑，你不就在这里吗？你想去哪里找？是的，我也不知道，到底怎么做才能将它找回来，我只知道它丢了。

告别并没有耗费太长的时间，我给大部分朋友的理由是，我要学习心理学，为了赶上进度，最近不能经常回大家信息，也不能跟大家见面了。事实上，那时候我确实报了心理学的课程，为了自己，也为了女儿，但其实课程并未开始。有时候，人生需要善意的谎言。

很巧，我做完决定没多久，西米因为她表妹结婚，提前回国。因为她要去我老家所在的地方替家人办事，所以我们约定了两天后在我老家碰面。

确定了见面时间后，我的内心是慌张的，有一种离婚后却没有坦然告知，藏了秘密心虚的慌张。也有面色憔悴，怕她看出端倪的慌张。总之就是很心虚，我想把自己伪装好再见她。

但是所有的担心在见到西米的那一刻烟消云散，她的小太阳依旧火力十足，让我的内心迸发出一种久违的快乐。

陪她办完事后，我们准备在古城住两天。虽然我经常跟她描述古城和我生活的小镇的样子，但她从来没有来过。常年在大都市游走，突然来到古朴静谧的古城，她的心情看上去很不错。我们带着相机穿梭在大街小巷，穿梭在园林河岸。有她的陪伴，我似乎暂时忘记了悲伤。每走过一个地方，我们都会下意识去寻找我童年时走过的痕迹。我们去了我小时候春游去过的公园，告诉她我小时候为了美美地春游，起大早给自己洗了个头，结果那天早晨挺冷的，到公园的时候我的头上结了一头的冰碴子。我们去了我喜欢的烧饼铺，带她去吃我喜欢的烧饼，闻我喜欢的味道。我们去了门口的河边，带她去看河上船只来来往往，给她讲述打鱼翁的故事。

夜晚，我和西米坐在酒店的平台上，遥望着星空。此时正值初夏，星空虽不如盛夏璀璨，却也是繁星点点，深蓝的夜空中挂着一轮皎洁的圆月，安详地吐洒着清辉。安静的夜晚，寂静的星空，没有尘世的喧嚣，也没有了心灵的浮躁。

我们静静地坐在夜色中，享受着这一刻的宁静，久久不曾说话。不知道过了多久，西米淡淡地问道："你是不是离婚啦？"其实我早就捕捉到了西米眼中一闪而过的疑惑，但我那时还不想说，就像她察觉到了我内心的秘密没有问一样。"是的。"几乎没有思考，我脱口而出，我想过隐瞒她，但从没有想过骗她，再说骗也骗不了她。因为打小认识，我们总能轻易猜中对方的想法，所以，还不如老实交代。

我转头看向西米，西米还是惬意地躺在靠椅上，眼睛亮闪闪地看着星空，表情异常平静。

她看着夜空平静地说道："你结婚后，前两年张口闭口是老公，后几年就是孩子。结婚十年，去东北出差八天，因为想女儿打电话跟我哭了两次。我妈六十大寿，你来上海，愣是一口酒没喝，说晚上回去得陪孩子。你爸在上海六院手术，你是一早到上海，下午跑回去接孩子。十年，你过得灰头土脸，每一次看见你，我都会觉得心疼。这次从我俩见面到现在，没听你提过一句老公和孩子，就知道你多半是离婚了。"

她说完把目光从夜空转向了我，一脸疑惑地问道："只是我不明白，你对家庭这么死心塌地的人，是什么原因让你下了这么大的决心。"我平静地看着西米说道："因为我想活下去。"西米听完吃了一惊，迅速坐了起来，她一脸严肃地问道："发生什么事了？"

一直以来，顾及她远在异国他乡，所以我都是报喜不报忧。这是我第一次和西米讲述我的婚姻。西米听完一脸愤怒，沉默了许久才问道："你和章凡提的条款都没有写进法律文件，照目前他们的为人看，章凡和他哥大概率会失信于你，到时候你拿什么惩罚他们？"

我看了看严肃的西米："如果将这一切写进条款，章东源有的是办法架空公司，到时候我女儿一样拿不到。不写进去我们就已经跳出法律层面，到了道德层面。要知道如果他们按照约定去做，什么问题都不会有，我的东西足够他们荣华富贵一生。如果不按约定去做，就看他们造化了。”

西米的表情有些疑惑，我又补充了一句：“有时候，我们所在意的，会变成捆住你的绳索，所以我选择以退为进。”

我说完，西米沉思了好一会，明白了我的用意，她问道：“那你怎么惩罚他们？”我说道：“你也知道，我做什么事都会有好几个方案。我现在说也说不清楚，只有做了你才会懂，但我希望这一天不会到来。如果有这一天，我会第一个告诉你。”

西米听完没说话，又躺在了躺椅上，看向了星空。过了一会，她笑着说道：“这个我相信你，毕竟我们俩从小到大都是有仇必报，还没有谁吃过亏。”西米说完，我愣了一下，随即相视而笑。

小时候西米经常和她学校的“小霸王”打架，她倒是能打赢，可是每次打完“小霸王”的母亲就会找徐娇娇大吵一架。因为“小霸王”母亲十分凶悍，所以每次徐娇娇都会吵输。吵输了的徐娇娇就会哭着去找西米，然后西米再打“小霸王”一顿。有一年多的时间，这个循环就没断过，徐娇娇越吵越气，西米越打越气。那时候“小霸王”家就住在离西米家不远处的一个单位楼，那栋楼所在的小区并不大，小区楼下有一大片草地，楼里的人们在草地上用杆子拉了绳子，在阳光灿烂的日子，楼里的人们经常在那晒被子。我是和西米玩耍时无意中发现“小霸王”父亲在那晒被子的，发现后，便决定为被“小霸王”母亲欺负得很惨的徐娇娇报仇。我们快速跑回家拿了几个瓶子，拿了一双筷子，去了门口菜园边堆放的一小摞木材那。我们俩用纸堵着鼻子，顶着大太阳抓了几只臭虫，后来又觉得太少，所以逮着什么就抓什么，最后抓了有大半瓶虫子，然后一个望风，一个将虫子塞进了“小霸王”家的被子里。还有一次，因为我们俩玩得一身泥巴，玩得正开心时，一个平时就不太友善的邻居，从旁边路过，也不知道是哪得罪了她，莫名其妙斜着眼儿骂了我们一句“没人教的野孩子”。第二天她的口袋里就莫名其妙多了一只抱着屎球的屎壳郎。

想想小时候，怪不得那么开心，因为我们心中不记仇。

和西米坦白后，我放下了心中所有的负累。分别在所难免，西米在登上回程的客车前，一直在叮嘱我，让我有什么事要及时告诉她。在我不断保证下，她依依不舍地走进了客运站。我目送着西米走进客运站，然后对身体里那个“冷漠”的灵魂说：“好了，我做好准备了，最黑暗的深渊，最深的水底，最远的远方，你想去到哪儿？我们去吧！”

开始，我并不知道该去哪，该怎么做，我只是放任自己去做想做的事，我任由自己游走在天地之间。我在清晨洒满露珠的草木之中感受着清新，我在群花怒放的花丛中汲取着花香，我在傍晚的夕阳中收集着黄昏，我在喧闹的人群中感受着他们的快乐、我在午夜的街头独自徘徊。我像一个急着想找到答案的孩子，在人间游荡，只为了寻找那个丢失的自己。没等到我找到自己，有些事却是有了眉目。

那段时间我正在帮女儿寻找合适的牙医，女儿同学妈妈推荐了她的同学。有一天她和同学逛街，顺便约了我，我们准备在一个景区的咖啡店碰面，方便我当面做个咨询。那个景区有一家“福民汤包”的连锁店，就在我寻找那家咖啡店时，章家三兄弟从远处迎面走了过来，和以往一样，章东源雄赳赳地背着手走在前面，章凡和章东远走在章东源的左后方和右后方。开始他们没有注意到我，三个人有说有笑。我本来想避开，但心中很想知道他们的态度，便迎着他们走了过去。章东源先注意到了我，脸色猛地一冷，一脸怒气，跟在后面的章东远也是拉着脸。章凡看见我后，先是一愣，随后脸上闪过了难堪的表情，也冷着脸和我擦身而过。看着趾高气扬远去的三兄弟，我心中一阵冷笑。我知道我在逃避的这些日子，错过了很多信息。

我心里原本模糊的棋局，轮廓开始变得清晰，那些被屏蔽的往事裹挟着愤怒，狂乱地敲打着屏障，它们撞击着我的灵魂，呼之欲出。我深吸了一口气，压制住那些纷杂的怒吼，心中默念：“一念生，棋盘起，就让棋局在此刻开始吧！”

有些事，我不去记起，并不代表我会忘记。

第十六章

痊愈

治愈自己的意义，在于找回属于自己的力量。

不知道为什么，那一天遇到他们之后，我忽然很想念小镇。那种想念，是一种急切和渴望，我想那是来自灵魂的渴望。于是，当天中午我便开车回到了故乡。

当我站在小镇的桥上，顺着河岸两边郁郁葱葱的树木，看向河流和天际交汇的远方时，我的灵魂忽然变得安静。我生活的小镇，介于城市和农村中间，一条宽广的河流从小镇的南边流过。小的时候爷爷告诉我，这条河流是长江的分支，河流上川流不息地往来着大大小小的客船。小镇居民闲暇时，总喜欢三三两两坐在河岸上，猜测着它们从何而来，又要去向何方。小镇的东边，一条宽广的马路连接着相邻的城镇，也连接着我们对远方的向往。小镇的西边和北边，是一望无垠的农田，这片土地在更迭中四季分明，无声地刻画着岁月的年轮。

我家在小镇上靠近西南的位置，紧靠着西边的农田，门口能看见河流，走路十分钟左右就能到达一小片古建筑群，那里家家白墙黛瓦，庭院深深，马头墙巍然耸立，院景楼阁错落有致，一条商铺林立的青石板路从街道中穿行而过。听老一辈说，在很多年前，我们这个地区曾经是水运要塞，南来北往的客商在此聚集，这片古建筑群就是诞生于那个年代。然而随着时间的推移，码头已经消失在历史的尘埃中，只留下这些房子无声地巍然挺立于风雨中，见证着一个时代的远去。

对于小时候的我们来说，最大的快乐莫过于，在农田里撒野，在小镇的商铺间穿梭。

小镇得天独厚的地理位置，赋予了孩子们数不胜数的乐趣，大自然就像是一位慈祥的母亲，任由我们在她的怀抱中撒欢打滚，我们总是成群结队地在大自然的怀抱中奔跑、喧闹，它让我们体验着生命的生机勃勃，感受着生命最原始、最单纯的幸福。而小镇古老的习俗，让我们的日子过得有年有节，有时有令。每年形形色色的节日，对应着相应的习俗，小镇的人们总能将每一个节日都过得热热闹闹，妙趣横生。小镇上的孩子们每一天睁开眼睛，都有新的期待，期待着下一次节日的到来，期待着亲友们的团聚。

如果用两个字概括小镇上孩子们的童年，那就是“丰富”，来自生命最原始的丰富。在外漂泊的日子，小镇的模样总是不断在我脑海中浮现。

清晨古老的烧饼铺里，锅炉里飘出的香味。

打鱼的渔船靠岸时，老渔翁那一声苍劲的嘶吼:“卖鱼咯。”

陈旧却在我们眼中散发着神圣光芒的电影院。

夏天青石板路上卖冰棍的人，在木箱上敲出的“梆梆”声。

深夜，田里林间，虫鸣螽跃的声音。

八月桂花盛开时，摘下桂花，酿成的桂花蜜。

夏夜，大人们卸下门板，陪孩子们躺在上面数星星。

冬季积雪后，田野上孩子们嬉闹追逐的身影。

小镇黑夜降临时，大人们呼唤孩子们归家的声音。

这些深刻在我心底的声音和画面，就像是夏夜河岸边的萤火虫，每每想起，都会在心田的最深处，泛起点点萤光，最终连成点点星海，照亮思念深处的那一片故土，指引着我来时的方向。

当我回到家的时候，正值初秋，树上的叶子已经开始变黄，我来到小时候最爱爬的一棵香樟树下。小时候的我非常迷恋坐在高高树干上所看到的景色，我会经常爬到粗壮的香樟树上，看云朵变幻着颜色和形状，看大自然在眼中变幻着千般色彩。小小的我经常在看向目之所及的天际时，想象着远方的样子。如今再回到这里，我已经去过了远方，却又无比怀念那时候无忧无虑的自己。

因为第二天要赶回去接女儿，我在古镇只能停留一个晚上。第二天一早，我便早早来到小时候经常吃的烧饼铺前。三十多年了，烧饼铺的主人已经在岁月的磨砺中，从一个健壮的中年人变成了一个沧桑的老年人。看着面前在灯火下忙碌的老人，我的内心百感交集。此时，我是如此感恩着他的存在，因为这么多年过去了，他烧饼铺的香味还是没有变，我心底的那个味道也还在，我的牵挂和依恋也都还在。

那天，晨阳未至，秋风微凉，我裹着柔软的毛衣，坐在离炉火不远的小板凳上，贪婪地闻着炉火中散发出来的温暖的香气，眼前仿佛看到了小时候我们捏着钱币，从青石板路上争先恐后跑来的身影。那时候我们的幸福多么单纯，来买烧饼的路上是幸福的，等着烧饼出炉的时间是幸福的，拿到烧饼的时候是幸福的，吃下去的每一口是幸福的，彼此一起陪伴着吃也是幸福的。

而我坐在这里回忆，也是幸福的。我在炉火的香气和温暖中，放下了疲惫，此刻我的灵魂是那么惬意。

那天回城后，我带着颜色各异的落叶和美食去接女儿。此时的女儿已经在读六年级，思想和言行已经日趋成熟，她越来越像一个小大人。当我把落叶递给她的时候，她笑着看着我说："妈妈今天好开心呀，是出去玩了吗？"我笑着揉揉她的头发："是的，妈妈回了婆婆家一趟，你怎么就觉得妈妈今天很开心呢？"

女儿盯着我的眼睛说："因为你的眼睛都在笑。"

我逗她："平时妈妈都不笑的吗？"

女儿很认真地说："妈妈以前经常笑，后来很少笑，凶巴巴的。"

听到女儿这样说，我吃了一惊。女儿从出生开始，便是我一手带大，从小到大，我不在她身边的日子加起来也就十几天，她是最直观地能察觉到我情绪变化的人，她说我凶巴巴的时候看起来非常委屈。看到女儿这个样子，我开始从过去的混沌中回忆我对待女儿的态度。我惊讶地发现，很多时候当我情绪崩溃，而我女儿对我提出要求的时候，我是那么粗暴。也许放在当时看，种种压力之下，我没有错，那不是自己的本性，但从女儿的角度来说，我糟糕的情绪已经对她造成了伤害。我做了母亲对我小时候做的事。某些时候，我下意识地把女儿当成了情绪的发泄口。意识到这一点的时候，我一阵揪心的痛，我把自己活成了自己最不想成为的样子。

人生，有时候只有在回望的时候，才能看清自己。

很多时候，家长和孩子的对立，是因为家长站在权威的角度去看待每一件事，所以认为自己不会错，或者即使意识到了错，为了捍卫权威也不会去承认自己的错。而我在意识到自己的错后，承认了自己的错误，我和女儿真诚地说了对不起，然后开始想办法弥补。

想到这里的时候，我是恨章凡的，他在进入婚姻之后，选择了逃避责任，让我承担起生活的所有。当家务、孩子、事业，已经压得我喘不过气的时候，我还要面对一个夜不归宿，冷漠自私的丈夫所带来的伤害。离婚后，往事可以不提，但他的所作所为，间接对女儿造成的伤害，是我一直不能原谅的。

我也意识到了情绪的改变对女儿至关重要，只有自己恢复到健康的心理，才能让她感觉到爱与温暖，所以我更加努力地寻求着改变。

我隐约明白了，那个冷漠的灵魂，其实就是自己在巨大的伤害之下，原本的意识沉睡了，而我所做的一切都是为了唤醒它们。在这个阶段，我的内心一直在斗争，疲惫劝我放下过往，仇恨告诉我不能放弃，它们的斗争让我纠结不已。

不久后，我去了一趟青海，在走走停停的过程中，我来到塔尔寺，遇到了一位年长的僧人。传闻他有着古老的灵魂。对于这样的说法，身为佛教徒的我心中没有否认，对我来说可以不信，但不能不敬，毕竟宇宙浩瀚，很多东西会超出我们的认知。当年迈的僧人坐到我跟前，我在看到他眼睛的那一刹那，大脑毫无防备地受到了猛烈的冲击，我从来没有见到过这样的眼睛。他的眼中仿佛装着远古、苍穹和星空。他明明在看向我，却又好像是透过我，看到了我身后无限大的空间。我在他的眼中，似乎是与一棵树、一朵云、一只蚂蚁一样的存在。他明明是一个人存在于我眼前，但他的眼中没有任何的情感。那一瞬间，我在想，也许他真的有一个古老的灵魂。

当极具穿透力，雄浑的诵经声从不远处响起时，“伤害”“因果”“爱”这些字眼在我的大脑中循环。我开始思考人们所说的因果，“前世因，今世果”。如果我今世必须承受前世的果，我是否要去放下仇恨，去接受这样的结局？答案很快在大脑浮现：不要，因为如果上辈子我欠的是章凡，但我不欠章东源和武丝丝的，他们才是罪恶的根源。我站在庙宇当中，思索活着的意义，有一个答案渐渐清晰，是“爱”。是奶奶从我出生起，一直到她离世给予我无私偏爱。这份爱并没有随着她离去而消逝，而是已经在我的世界中成为永恒。我给予我女儿的爱，是我给予她的永恒。而西米、林馨儿和我，我们从认识到现在没有因为距离而走散，我们将一起去向永恒。

对于人来说，爱是永恒。

有时候，一场机缘，便会带动一场觉醒，而这场觉醒，会让你想明白很多事，制止一场自我内耗，能洗涤你的内心，让一切变得干净透明。它让爱变得无比清晰，就像是头顶的星星被擦亮了，能更加明确地给予你指引。

旅行回来后，我感觉整个人轻松了很多，冷漠在慢慢退去。我开始感觉到自己正慢慢变得平和，慢慢开始重拾起一些热爱。有一天，我忽然想养几条长尾巴的金鱼。我来到之前经常和林馨儿逛的绿植宠物市场，找到了一家有着满满一鱼槽金鱼的商铺。卖鱼的老板娘是一位个子很高也很壮的中年妇女，我站在鱼槽前的时候，她正在和隔壁摊主聊天，她的性格很豪爽，嗓门很大，笑声也很洪亮。她看到我挑鱼，递给了我一个装着塑料袋的小箩和一个捞鱼的工具，随后继续转身和隔壁摊主聊天。我很快就找到了两条尾巴非常长，非常漂亮的小金鱼，但怎么找，都觉得剩下的鱼里面尾巴没有这么长的了。正在聊天的老板娘估计是看出了我的为难，她问我：“要几条？”我说：“总共要三条，要尾巴长的。”老板娘站在鱼池前很认真地看了一会后，徒手捞起了一条小鱼，她把鱼送到我跟前说：“你看，这鱼多好看，这鱼长得是真好看。”当我看向她手里的鱼时，顿时惊呆了，只见这尾金红色的小鲤鱼，它的嘴上有一圈黑色，看上去像是精心修剪过的胡子，嘴角还有一个黑点，看上去像一颗媒婆痣。此时被捞出水面的它正费力地张着嘴巴，看上去丑得别具一格。我有点不可思议地看向老板娘，觉得她在欺骗我，可当我抬头的时候，我对上了一双无比真诚的眼睛。我又确认了一下，那双眼睛里充满了自信和真诚，我已经很多年没有看到这么诚恳的眼神了。那一刻，鬼使神差，我让老板娘把鱼放到了塑料袋里。

在开车回去的路上，我不时看向袋子里那条丑丑的鱼，眼前总闪过老板娘真诚的眼神，那是一种毫无杂质的眼神，同时我眼中闪现出武丝丝阴狠狡诈的神情。两种眼神在我的心中交汇。我的心中好像有了答案。在我经历了身边亲友的背叛后，我对人性已经完全失望，某些时候，人性只有丑与恶，所以灵魂才会沉睡，如今我想找的东西，在卖鱼的老板娘眼中找到了，那就是真诚和信任。就像电影《东成西就》里段王爷寻找的“真心人”一样，她就是我的“真心人”，她让我又看到了人性的善与诚。

“小丑鱼”的故事非常神奇。我带回来的三条金鱼，一条半夜跳出来摔死了，一条因为喜欢抢食撑死了，最后缸里就剩下一条孤零零的“小丑鱼”。因为怕它寂寞，我每天都会跟它说话。有一天，我突然发现它嘴上像胡子的黑斑在变小，开始我以为是错觉，但是没多久，它嘴上一侧的黑斑完全消失了。我在惊诧之余，找了一块非常柔软的白色纱布，将它捞出来，用布轻轻地擦了一下剩下的黑斑，发现根本擦不掉。好奇让我忍不住有时间就趴在鱼缸前盯着它，一个多星期后，它嘴上另一侧黑斑掉落，只剩下右侧的一小点媒婆痣。再一个多星期后，媒婆痣也没有了，“小丑鱼”变成了一条通体金红色的长尾巴金鱼，就像卖鱼老板娘说的那样，它很漂亮。又一个星期之后，因为要出差一段时间，我没法将它带走，便选择了将它放生在了门口的小河边。

那一天，当我将它从鱼缸捞出来时，灿烂的阳光照在河面之上，河面波光粼粼。这条红色身影划过河面游向远方时，我的心中感慨万千。它是否也是带着使命而来？在我混沌的时候为我打开了一扇窗。否则为什么要用这么奇特的方式在我身边，完成蜕变。

自那以后，我开始留意起了人们的眼睛。我看过生意人，看过陌生人，看过修行人，我发现，人们心中所想，但没有表达的情绪，都被写在眼睛里。也是从那时候起，人性在我眼中变得透明，因为我能读懂每一个人未被表达的情绪，我能读懂别人欲言又止下的难言之隐，也能读懂难言之隐下的迫不得已。我能够在一个人复杂的言行面前，看透他隐藏在背后的目的，那种感觉就像是穿透三维视角，看到了背后的四维空间。这种技能就像是苦难予以我的馈赠，它让我变得灵敏而细腻。

不久后的一天，我的左侧头和颈部相连的地方，感觉非常痛，我在中医诊所针灸两个星期后，发现根本没有用，疼痛让我深受困扰。在一个偶然的机会下，我向朋友的健身教练咨询一些问题。当他得知我偏头痛时，给我肩颈的肌肉做了放松。开始我并不相信他能解决我的疼痛，只是出于礼貌，抱着试试的态度尝试了一下。让我惊讶的是，五分多钟后，折磨了我两个多星期的头疼就这么消失了。那一刻，我觉得有些不可思议。我又等了一会儿，才敢相信，它是真的消失了。他告诉我，他是退伍军人，学过康复，我疼痛的原因是肩部肌肉过于紧张，压迫了头部神经导致的。

这次神奇的经历，让我对这位健身教练敬佩不已，当即决定跟他练习无氧及器械训练。

我的教练叫伏小城，他的妻子在同一家健身房当瑜伽教练，现在的他们对于我来说，已经是像家人一样的存在。但刚开始半年的时候，我并没有想到我们会相处得这么融洽，因为那时候的我状态真的不算很好，身材肿胀，对陌生人有着戒备心，不怎么和他说话，也不喜欢和健身房的人说话。对于从小长跑成绩勉强能及格，而且从没有进过健身房的我来说，刚开始健身是极其艰难的。因为肌肉极度酸痛，和训练时的力竭让我觉得非常痛苦。通常练习半小时我就想逃离，但伏教练和他妻子总有办法让我坚持到最后。

伏教练专业且敬业，他幽默的性格感染着我。

比如说他会在天空打雷的时候很认真地说："看，有人在发誓。"

他也会一本正经地说："下班后要去抓几只蜜蜂回家，不然家里果树总是只开花，不结果。"

他会练着练着突然打开淘宝给我看："看，我要给老婆买这双鞋。"

水瓶座的外星人思维在他身上体现得淋漓尽致，也正因为他的快乐，我的情绪也慢慢在变好。

等进行到十几节课的时候，我的身体开始发生变化，肿胀开始消失，曲线开始变得明显，也许是经常大量流汗的缘故，皮肤开始变好，而且我也适应了那种训练后的力竭，也喜欢上多巴胺和内啡肽分泌时的那种快乐。

有一次健身后，在去寺庙的路上，我被沿途树林中的美景吸引，停车后，走了进去。

我沿着树阴走在丛林间的小路上，明媚的阳光透过树叶的罅隙斑驳地洒在我脸上、身上，让我想起来小时候，爬在树上，用自己去迎接阳光的样子。那种熟悉的感觉，单纯而直接的快乐又回来了。

那一刻，我感觉到了从心而发的快乐。那是一种不需要刻意，也不需要理由，自然而然产生的快乐，那是一种每一个细胞，每一根发丝，都参与的快乐。

我带着愉悦的心情，奔跑着去向树林的深处，就像小时候在田野里无拘无束奔跑那样。在树林的尽头，是一面碧绿的湖泊，湖泊的对面是几座相连的小山峰。此时正值深秋，但山中并不见萧瑟，远望依旧绿意盎然，几抹多彩的颜色点缀其间。湖的上空飞翔着几只小鸟，湖面上几只小野鸭正悠闲地漂在水面上，画面唯美而静谧。我体验到了“我见青山多妩媚，料青山见我应如是”那种快乐和自在。

我独享着这份美好。此时，我感觉那山、那水、那光、那飞鸟，都是大自然赋予我的爱。青山与我同在，清风为我而来。此刻，我感觉自己不属于任何人，我是大自然的孩子。此时，我终于明白，与山水相逢也是一种缘分。

我久久地站在阳光下，想起曾经的我是多么迷恋这世界的变幻，如今我终于在天地自然间，找到了迷失的自己。这一刻的觉醒，让我回到了久违的人间，走出了那片灰暗的战场，心中充满了“我还活着”“我还能看到”的欣喜与感动。

原来“自己”就藏在过去的时光里，也许是她厌倦了那时候的生活，也许是她觉得累了，所以回到了那个让它觉得快乐的过去。

在很久以前，我看到过一则报道，丹麦奥胡斯大学的研究人员曾做过一项研究，在绿色自然环境中长大的孩子，长大后出现焦虑、抑郁等各种心理问题的风险能降低55%。此刻的我，终于明白了里面的关联。童年在大自然环境中听到、闻到、触到的每一种感觉，都会被铭记在心里。

在我们长大后的日子里，当我们处在自然环境中时，听到风声、雨声、树叶的“沙沙”声等各种声音时，它们不是单纯的声音，而是一种亲切和熟悉的感觉，就像是见到某个小时候认识的人，它们会在不自觉间让现在和童年相连，从而让人产生一种幸福感。

当我经历过生命中极致的灰暗，再体验到儿时那种纯粹和天真时，才发现这世间万物，其实一直都在那，花开花落没有改变，云起云灭没有改变，叶生叶落也没有改变，改变的不过是我的内心。当我的内心感觉灰暗时，眼中的世界就失去了颜色，当我的内心充满温暖时，生命在我眼中再次变得多姿多彩。那些在我看不到它们的日子里，风在等我，云在等我，世间万物都在等我，它们一直都在爱着我。

这一刻，我终于把那浓得化不开的悲伤，彻底融化在天地万物之间。

我无意中阅读了美国作家谢丽尔·斯瑞德的《走出荒野》。这本书讲述了作者婚姻触礁，母亲去世，她在绝望中生活多年后，在毫无徒步经验的情况下，在艰难险阻中，独自一人穿越太平洋屋脊步道的故事。对作者来说这段步行旅行是一个人身体与心灵的“朝圣”之旅。对于我来说，我人生中的这段经历，也是我的“朝圣”之旅。

在我看来，心理和生理之间有着紧密的联系，在生理或者是心理出现问题时，我们需要靠自身的力量，驱动某一方去帮助另一方。当精神受到创伤时，身体要在脱离精神的驱使下，去变得强壮。而身体受到创伤时，精神要变得强大到去支撑身体，然后再次达到自身内循环的平衡。在这个抑郁症高发的社会，我知道很多人在遭受着那无以言说的折磨，希望我的经历能帮助到你，有需要的人也可以去阅读这本《走出荒野》，这本书作者的经历，比我的经历更加直观，也更能解释精神的治愈与身体之间的联系。

就如同带状疱疹痊愈后那般，这场精神的病痛终于离我而去，没有在我身上留下一丝痕迹，就像一场幻觉一般。

信仰和阅读的魅力在于，它们让你永远记得自己最初的模样，记得那个永远真诚、永远善良、永远不被摧毁的自己。我终于照着记忆中的样子，一点点将自己的碎片捡拾起来，串联成了完整的自己。

在这个过程中，值得让我骄傲的是，从始至终，我都在想着如何去“生”。

第十七章

怒涛

心理的疗愈，带来的是身体精力恢复，我开始跟章凡过问公司的事，章凡跟我说章东源注册了一家公司，准备把账目放在那家公司。我知道章东源开始打商标的主意。

于是我问章凡："新公司股份是怎么划分的？"章凡说完后，我的心里一阵冷笑，章东源的胃口可真大，他注册的公司，都是他百分百控股，而且他把"福民汤包"的账目都放在他公司的名下，我知道他这是在为下一步转移商标做准备。

我严肃地告诉章凡："'福民汤包'的商标和账目应该是一个整体，账目的完整涉及无形资产的增值。"

说完我意识到，太复杂的东西章凡估计理解不了，于是我开门见山地跟他说："不管章东源成立几家公司，'福民汤包'的商标，只能在目前这家公司，这是我为女儿打拼的产业，我退一步是为了让你们好好把产业做好，为孩子们的未来打好基础，如果大家都遵守规则，这份产业足够让大家生活富足，如果章东源想独吞这份产业，他会得不偿失。”

章凡听完后没说话，我跟他说：“人太贪心会一无所有。”

因为女儿上学的原因，我们居住的地方是一片老居民区，环境杂乱，每次路过都让我很烦心。一个内心正在被各种复杂事情侵扰的人，需要的是简洁和干净，这样的情况同时体现在家里。结婚时，我在房屋装修上没有话语权，家中储物空间不足，物品只能杂乱外置，尽管我勉强尽力收拾，但只是心有余而力不足，所以我开始物色合适的房子，为女儿小学毕业后，迁往新家做准备。

这是我离婚的第三年，我像一个摔疼了，趴在地上很久的人，终于站起来，开始面对这个世界。正巧这个时候，一位在外地的朋友联系了我，说有一座坐落在景区，七百多平方米古色古香的房子，适合做会所，问我要不要去看看。我答应了他，因为长期高节奏的工作方式，让我闲下来很不适应，便约定了时间去看了一下。接下来的事情非常顺利，我一眼便看中了面前这座古色古香的房子。在朋友的帮助下，签约、设计、装修，我开始了两地奔跑的繁忙生活。对于做过工程和餐饮的我来说，一切都是信手拈来，没有任何难度。紧接着，我又看中了一套房子，高层，挑高房型全景落地窗，离女儿上学地点也很近，一切都和我梦想中的一模一样，于是很快便定了下来，我开始设计装修。

一切都很顺利，也朝着好的方向在发展，我的心中萌生出了很多对新生活的向往和期待。

在这个过程中，某一天章凡突然眼神躲闪，字句含糊地跟我说了一声："你原来那个张会计过来办理离职，她说你没有跟她说过让她不要听大哥的这种话。"

我心里一阵好笑，章东源那件事都发生多次了，他们兄弟二人都没想过要和会计去核实，而是任由他为非作歹，任由他谎言发酵，现在说这些又有什么用？谁又会在乎？

2019 年 12 月的一天，章凡提前搬去了新居。半年后女儿小学毕业了，那时候我为能够脱离旧的环境而感觉开心，也为即将到来的新生活满怀期待。唯一担心的是，我还没有告诉女儿我们离婚了，于是我开始试探性地问女儿："妈妈和爸爸分开住好不好？妈妈住的地方离爸爸很近，你可以两边住。"让我感到惊讶的是，女儿没有反对，她非常平静地说："妈妈，我知道爸爸对你不好，你想一个人住就一个人住，我可以去陪妈妈。"虽然女儿这样说让我觉得安心，但我的心里并不好过。因为从小到大我都没有离开过她，如今面对分离，我的心里感觉非常难受。

虽然难受，但一切都在所难免。幸好女儿非常适应，我便慢慢放下心来。接下来的一年，是我觉得非常幸福的一年。女儿顺利地上了初中，手里的工作也在有条不紊进行着。

法国哲学家阿尔贝·加缪说过："重要的不是治愈，而是带着伤痛勇敢地活下去，真正的救赎并非厮杀后的胜利，而是能在苦难之中，找到生的力量和内心的安宁，没有对生活绝望的人，就不会真正懂得热爱生活。"

是的，没有涅槃之痛，哪有重生之美。

在搬到新房子的日子里，我是极其快乐的，装修用了我喜欢的黑白灰色调，这使我感到平静。我乐此不疲地往家里搬运着漂亮的花瓶、装饰画、水晶酒杯等，往巨大的书架上填充着书籍，往角落里摆放着绿植。空闲的时间，我会在厨房煲上一锅汤，煮上一壶茶，悠闲地阅读。或者放上喜欢的音乐，然后在厨房熬各种各样的果酱，我喜欢被水果香甜气息包围的感觉。

此时，我终于找到了做家庭主妇的感觉。是的，我从小的梦想就是做一个家庭主妇，像母亲、像婶婶那样的家庭主妇。从小到大，在我眼里，她们总是幸福地打理着自己的家，等着家人归来，然后一家人幸福地围坐在一起，讨论着当天的见闻。“家人闲坐，灯火可亲”，自始至终，我想要的幸福，其实就是这么简单。曾经我以为，有“丈夫”才能有一个完整的家，我也才能做一个幸福的家庭主妇，现在才发现原来一个人也可以做一个幸福的家庭主妇。

美好舒适的生活，带来的是容颜改变。渐渐地，我发现自己的脸色不再灰暗，变得红润光亮，眼睛也不像离婚前那样暗淡无光，眼神开始变得温柔清澈。发现自己的变化后，我的内心无比惊喜，觉得此时的身体是如此干净，通透。带着好奇和疑问，我去医院进行了一次体检。当我看到体检指标一切正常的报告时，我的心里放下了因为离婚产生的所有负累，第一次无比庆幸自己的选择。

一段时间后，我意识到一个问题，有很长一段时间，除了接送女儿，还有工作的电话和线上交流外，我几乎不与外界打交道。我已经一个人独自度过了三个春节，但我从没感觉到孤独，只感觉到了极致的自由和快乐。我似乎有熬不完的果酱，有看不完的书，有听不完的音乐，有煲不完的汤，还有发不完的呆。总之，我觉得一个人非常自由，非常快乐。那是一种如同飘浮在空中，随风而行，极致的自由。

人一旦体验过这种自由，便会对“自由”两个字重新定义。一开始我追求精神上的自由，后来慢慢过渡到身体上，我开始不愿意戴首饰，因为它们会让我产生束缚感。接着我开始把这种自由过渡到人与人之间的情感上，我开始过滤直觉上和态度上让我觉得不舒服的人。

也就在这个阶段，我意识到“自己”的存在，如果我之前寻找的是一种意识，那现在我意识中的“自己”则更加具体。长久以来，我一直为别人活着，从没有想过“自己”，我给很多人做过饭，可我一个人的时候，从来没有单独去吃过美食，也没有认真为“自己”做过饭，因为单独一个人吃美食会觉得有负罪感，一个人做饭会觉得浪费时间。但陪我在最艰难的时候努力过的，在最黑暗的时候支撑下来的，都是“自己”啊！我为什么不能对“自己”好一些？想到这，我开始明目张胆地宠爱“自己”。而我也在宠爱中，越发快乐，快乐到想过忘记一切，原谅一切。

我发现，当自己对“自己”认同时，就如同找到了一个非常好的朋友，一个精神上的盟友。当自己成为“自己”的拥护者，便是拥有了天下最坚定的依靠，这种依靠是行动上的支持者，也是思想的支撑者，这使我的内心更加坚定与安宁。意识到这一点的时候，我开始意识到人们所说的“与孤独和平共处”背后的深意。其实，与其说是与“孤独”和平共处，还不如说是与“自己”和平共处。当你找到“自己”的时候，也就不再孤独了。

规律而富足的生活、稳定而充足的收入、安定而快乐的日子，让我无比沉醉。这种不需要去考虑太多人的感受，不需要去过度奉献，不需要去尔虞我诈地斗争，不需要去小心翼翼讨好的日子，一直以来是我梦寐以求的。我感觉自己每分每秒都被幸福包围着。时间围绕着以自身为纪年，在极度缓慢中，温暖地流过。

在这之后，当我在一个花木凋零的深秋再次路过颐林路时，心里早就没有了“最是人间留不住，朱颜辞镜花辞树”的悲叹，而是“远赴人间惊鸿宴，一睹人间盛世颜”的赞叹，原来只要心里装满快乐，萧瑟也是极美的。

那时的我是真的想放下过去，原谅一切的。心中时常感叹着“人生如白驹过隙，忽然而已”，我想好好地享受并不漫长的人生。

但，人有时候是身不由己的。

我曾和一位非常优秀的女性朋友深入讨论过“命运”这个话题，而之所以我们能深入地讨论，是因为我们在努力的时候，有过类似的经历。她是1978年出生的双子座女生，有着幽默的天性。但她选择的是理工科，研究计算机和人工智能，同时她也是一名军衔较高的军人。严苛的纪律和枯燥的工作，让她有时候会觉得很疲惫，但梦想和责任让她有着不懈的追求。为了写博士论文，她曾经在学校放假的时候把自己封在宿舍一个多月。为了研究一项技术，她可以几个月不化妆不逛街。我们在交流后觉得，有时候在做一件事的时候，身后仿佛有一只无形的手，推动你必须往前走。这种感觉就是“使命”，每一个人都是带着使命而来，就如同命运早已注定的那般。

也许，命运不想让我有过多的停留，不久后便发生了一件让我措手不及的事。有一天女儿放学后我感觉她很沮丧，但她在极力掩饰着沮丧。因为我研究了心理学，所以很轻易就能捕捉到别人情绪的变化。我感觉心里很忐忑，难道她知道我和她父亲离婚了吗？我试探性地问她，但她显得很不耐烦，我知道不能操之过急，便不问了，时刻关注着她。

通常一个孩子愿意表达她的情绪，不管是用什么样的形式表达出来，我觉得都合理，而且能让人放心，恰恰是这种不被表达的情绪让我非常担忧。过了大概三四天的样子，晚上女儿突然跑过来抱着我睡觉，抱着女儿，我能感觉到她的烦躁和不安，但我知道问也问不出来，所以就抱紧她，跟她说：“宝宝，你一定要记住，任何时候，妈妈都爱着你。”我说完这些的时候，感觉女儿把我抱紧了些。她突然在我怀里说：“妈妈，你跟爸爸离婚了，我都知道了。”

我的心猛地一揪，担心的事还是发生了，心痛和愧疚让我不知道怎么和她开口。女儿说完见我不说话，她仰起脸跟我说：“爸爸跟我说的，他带了一个阿姨回来。”因为事情发生得让我有些措手不及，我抱着女儿安慰她：“对不起宝宝，妈妈没有告诉你，是怕伤害你。”女儿突然笑着跟我说：“妈妈，其实你们离婚我很早就知道了，只是我没说。没有关系，你也找个叔叔吧，不然你太孤独了。”

女儿跟我说这句话的时候，我还没有从震惊中缓过来，而她说得又是那么自然，可我知道，她是装的，极度的悲伤才会让她伪装得那么自然那么平静。我看着女儿的眼睛，一字一句说道：“宝宝，有些事妈妈不能告诉你，但你一定要知道，妈妈很爱你，妈妈不会找叔叔，只会一心一意陪着你长大。”女儿听完后没说话，只是抱紧了我，我能感觉到她心里悲伤和感动交织的情绪。

那一夜，我几乎无眠，在女儿最紧要的初中阶段，他用这种方式给孩子重重一击。第二天送走女儿后，我给章凡打了电话，电话中的章凡，还是一如既往的满不在乎地说：“三年差不多了吧，我总不能老是一个人。”对于他这种回答，在我的意料之内，我只是很平静地问他：“女儿初中前你会不会结婚？”章凡说：“结婚肯定不会。”我说：“好，你要记住，结婚前，你要告诉我，要给孩子一个心理准备。另外，你要把房子和股份转到她名下。”章凡说：“知道了，你放心，肯定会。”章凡虽然这么说，但是我的心里并不踏实，因为我太了解他做事的方式了，他不可能无缘无故告诉孩子这件事。

没多久，我从别人的谈论中知道了章东源将加盟店的加盟费全装进自己腰包的消息。与此同时，章凡对我的态度也开始改变，开始拒绝谈股份的事，甚至开始对我进行威胁：“你现在能拿我们怎么样？我们有律师。”

“你要是敢动手，我们就直接把公司卖了，你能拿我们怎么样？”

章凡的反常让我明白，肯定有事情发生，而且章东源在背后操控着这一切。

此时，棋局正式启动。恶念起，棋局动。章东源的贪念让他失了一子。我曾经想过，如果是章凡失了第一子，这盘棋他们未必会输，因为章东源始终把控着大局，如今章东源先失了这一子，章凡还有其他人，必定会失掉剩下两子。想到这，我的内心未起任何涟漪，也许我的内心很早就有了答案，只不过是想让自己去目睹，去失望。

他们的未来，都是他们自己选的。

正如我所预料的那样，女儿那天对我说的话，都是违心的，她很快将压制不住的情绪表达了出来，不安、暴躁、冷漠。她有时候会责问我：“为什么要离婚？”“为什么不跟她商量？”“能不能跟爸爸复婚？”她的情绪总是波动很大，要么低落、要么压抑、要么急躁，她会在生气时和我大吼大叫，我能感觉到她内心的挣扎和痛苦。我经历过，所以我很明白她正在承受什么，所以放任她发泄着自己的情绪。我知道，只有面对我，她才敢释放自己。可我根本没有办法跟她解释到底发生了什么，因为自始至终，我都没有把经历过的事情告诉她，我能做的，就是不断地告诉她："有些话妈妈不能跟你说，你只要记住，妈妈很爱你，如果妈妈不离婚，撑不到现在。"

我的解释并没有起到作用，这让我非常担心，我减少了工作，开始一心陪伴她，担忧让我根本无心去做别的事情，很多时候，我选择把车停在女儿学校附近，好在她需要我的时候，及时出现在她身边。

在我的努力下，女儿的情绪有了好转，我终于松了口气，我利用暑假的时间继续陪伴着她，而她似乎也接受了父母离婚的事实，慢慢开始变得放松。

很快，女儿初一的学生生涯就要结束，我看到女儿已经渐渐变得活泼开朗，便放下了心，一切继续，按部就班。

此时我的生活已经趋于稳定，工作、孩子、健身、阅读几乎是我的全部，偶尔我也会和好友聚会，一切简单而又幸福，唯一能让我心绪起伏的便是孩子。

我以为一切都会慢慢变好，但没想到接下来，我将要面对的又是翻天覆地的变化。

而洞察到这次变化，是因为我和许清的一次碰面，开始只是简单的会面，但在我提到章凡不管孩子的时候，她的眼中有一种复杂情绪一闪而过。不知道为什么，我感觉有事发生，而且他们隐瞒了我。我也从女儿的言语中感觉到了异常，我感觉她很沮丧，虽然她在我面前极力掩饰，但我能感觉得到。我试图引导她把问题说出来，但她始终很抗拒，我知道不能强求，便不再追问。

此时的章东源，已经将公司的规模开始做大，将更多人纳入到他的受益群体。很多时候，我能感觉到他们对我的排斥，而我面对这些乌合之众的狂欢，大多时候选择视而不见，因为他们的存在，对我没有任何帮助，也影响不到我。我只对最终的结果负责。别人问起的时候，我会大大方方告诉他们："是的，我是'福民汤包'的股东，不只是股东，也是让它重回 N 市的人。"这是我一生的荣耀，也是一生的荣幸。

在女儿的反常中，我忐忑过了很多天。有一天女儿在吃饭的时候，突然满脸泪痕地告诉我："爸爸，结婚了。"我突然明白了许清那个一闪而过的眼神，但我并不想责怪她，她的处境也很艰难。我冷静地问女儿："什么时候的事？"

女儿流着眼泪告诉我："已经结婚好几个月了，那个阿姨的女儿不小心告诉我的，她说爸爸给她妈妈买了很大的戒指，他们已经结婚了。"

那一瞬间，我突然明白了什么，我问女儿："你是不是很早就知道了？"女儿无助地看了看我，点了点头："我不敢跟你说，因为你只要找爸爸谈话，他就骂我。阿姨的女儿跟我说了这事后，也被骂了。”

我无比心痛地看着女儿说：“不管什么事情，你一定要跟妈妈说，妈妈会永远站在你身边。你有没有想过，搬过来跟妈妈住？”

女儿含着泪光，目光坚定地摇摇头：“妈妈，那是我的家，我不会走的。”

面对这场变故，一切似乎在我的预料之中，又似乎在我的预料之外。安抚好女儿后，我平静地给章凡打了电话，我直接开门见山问他：“听说你结婚了，房子和股份什么时候转给孩子。”

章凡歇斯底里朝我喊着：“什么股份，跟你有什么关系，商标是我们三兄弟弄下来的，跟你没有关系。”

没等我说话，他又得意扬扬地告诉我：“没有你，我们家现在不知道多团结。”

我看着章凡丑恶的嘴脸，心中悲叹，他终究还是变成了和章东源一样的人。最后这一步虽然我已经提前预料，却没有想章东源做得这么绝，他成功地在家人面前把自己塑造成“道德标杆”同时，还把我塑造成了一个“极恶之人”。

究竟是谁毫无人性？

面对章凡我很平静地跟他说：“我知道你已经结婚了，希望你尽快把股份和房子过户给女儿。”

听我这么说，章凡愣了一下：“这个不要你管，我会看着办。”说完挂断了电话。

岁月静好太难。章凡失了他的那一子，剩下的一子，已经不是很重要。

此时的我，内心平静得就像海啸前的海面。我开始反思自己给予他们的宽容和善良，反思自己长久以来任由他们迫害，反思自己沉溺于享乐，而忘记了抵抗。于是，他们把魔爪伸向了我的女儿。

他们不知道的是，女儿是我的最后底线。当一个人善良用尽，恶魔苏醒时，会对所有对错进行清算，此时的我觉得，哪怕少算一点，都对不起自己和女儿。就像我所说的那样，当自己成为自己的拥护者，所有的决定都将变得简单。

2021 年 4 月 22 日，我通知中介，卖掉了手中所有的房子，并搬去了离女儿更近的地方。我开始积累资金，拓展事业，为后期布局做准备。同时也开始了简单质朴的生活，只有把自己放低到尘埃里，我才能警醒。

此时的我，终于意识到隐藏在我梦中，萦绕在我身边，那一抹如影随形，说不清道不明，掺杂着幽怨和嗟叹的遗憾是什么。那是我对自己的亏欠。人生真是充满了戏剧性，以前我为了保护这一家人用尽全力，现在为了对付这一家人，开始尽心布局。

同年的 6 月 20 日，我在托付处理完所有事情后，开始了两件事的布局，一是注册了“凤晗汤包”商标，同时进行商业框架搭建以及商业推演；二是我开始联系章东源的对手，并开始搜集证据写一份材料。追根溯源，尽量从客观而又真实的角度，重塑真相。

这个过程，就像是打开了我已经锁了很多年通往过去的大门，对我来说，那扇门里锁着我不敢面对的过去，不敢回看的路。当我打开大门，故人一个个坐在我面前的时候，我从他们的眼神和话语中读到了很多情绪，有心疼的、痛心的、关爱的、愤愤不平的，也有嘲讽的、奚落的、鄙视的、落井下石的。

我第一个见的是知识产权公司小房，我只想确认一条信息，那就是，这个商标如果没有我的努力，章东源是否能取得商标。

坐在对面的他很奇怪，问我为什么这么问。我怕他有压力，没有告诉他实话，只是说整理一下过程。小房简单直接地说："这次商标能撤销成功，一是因为对方证据提供得太潦草，二是你准备得非常充分，三是我们签完合同三个多月后，'元烨集团'和'谈月楼'才签下转让合同。也幸亏我们签得早，要是让他们签在我们前面，谁撤销都不会成功。鉴于第一点，对方提供的证据，主动露出破绽，从第一次撤销成功就知道，肯定会赢。从第三点去看，如果没有你，这个商标100％是'元烨集团'的了。"

过了一会他又补充了一句："你要知道，权力扭曲不了事实，最终是要用证据来说话。"

答案我心知肚明，只是想让它更清晰一些。

随着见的人越多，越来越多的真相被送到了我的面前，我的耳中充斥着各种声音，除了责怪我软弱，心疼我的遭遇，为我愤愤不平之外，还有人落井下石。

"我们都知道你弄这个商标时受的苦，现在他们三兄弟到处说，这个商标就是他们取得的，可你不说话我们能说什么。"

“我就不明白，你为什么要离婚，你离婚不是害了女儿吗？”

“你要看开点，该放下就要放下。”

“章凡对现在这个老婆可好了，买了几十万的戒指，还给了她股份，我记得你那时候为他们省钱，用的是假戒指。”

“那个武丝丝，好像还在。”

“章凡跟他现在那个老婆经常打架、吵架。不过，他是不会离婚的，怕他们一家人面子挂不住，所以求着哄着，也会把日子过下去。”

信息铺天盖地向我涌来，我平静地面对着这一切。对我来说，他们对别人做什么，对我没有丝毫影响。但他们做的这些事情，对我和女儿产生的影响，在我心中开始翻涌。

在这个过程中，经过很多人的描述，我终于对章东源有了一些了解，他是一个非常精明且斤斤计较的人，有着很强的防范心理，多疑而又充满恶意，他在得到权力支撑后，将这份恶意放大了千万倍，织成了撒向我的网，足以摧毁所有。

其实，这世上哪有那么多的阴谋诡计，有的只是他的欲望和心魔，还有以己度人造就的杯弓蛇影罢了。

他恶，所以他觉得所有人都和他一样恶。

愤怒有时候是个好东西，因为它能让我不再软弱，我需要这些愤怒，去转化成动力，去掀起这片巨浪，去对抗这份邪恶。

第十八章

神刃

在我三十多年的阅读生涯中，很多阅读过的书名或者内容已经不记得。我曾不止一次思考过，阅读的目的或者作用是什么？可是当我提笔，文字伴随着回忆好似溪流汩汩而出的时候，我的心中有了答案，当你读的书足够多的时候，就会发生从量到质的变化，书中的内容会融进你的思想，融入你的骨血，最终成为你的风骨。一支笔，可以写尽古往今来，写尽世事沧桑，写尽风花雪月，也可以写尽阴谋诡计。

也许，从幼小的我捧起书的时候起，命运就已经为我埋下了伏笔。

书写的过程，可以说是行云流水，那些曾经让我愤怒、痛苦、绝望的往事，那些曾经被我紧锁着不敢回望的过去，在时间的沉淀中，仿佛已经长成了文字的模样，只等着我某一天醒悟，将它们书写成文，大白于天下。

父亲瞒着自己再婚，对女儿来说，是巨大的打击。除了写作和工作，我几乎把所有的精力都用在女儿的身上，除了用心给她做饭，我总是不断地鼓励着她，并不断告诉她：“妈妈爱你，任何时候记住妈妈爱你。”我力所能及地做着我能做的一切，可是收效甚微，因为我知道，她还需要面对她那个不负责任的父亲。我迫切地想帮助女儿，因为我知道初中阶段是一个人一生中最关键的人格定型期，人格发展会急剧变化，这个时期的教育和引导，决定着人格的发展方向。况且她今年十四岁了。

英国心理学家曾做过一项研究，他们分别对九岁至三十五岁的人群进行测试后发现，十四岁青少年最容易出现打架、叛逆等问题，因此他们把这个叫作“危险的十四岁”，青春期也是孩子的突变期，他们开始感知到丰富的情绪，但是脑部的前额皮质发育还不成熟，没有办法拥有成年人的控制力，所以容易冲动任性、敏感脆弱、自控力差。这个时期尤其考验家长的耐心、包容力还有承受力。我们需要用柔软的方式去化解那些令人崩溃的问题。而我还要额外面对这个家庭带给女儿的伤害。她痛苦的每一天都让我心急如焚。

在这个阶段我发现，虽然我学了心理学，也成功利用心理学开导过朋友，调解过身边朋友两口子间的矛盾，但用在女儿身上的时候没有半点成效。几番思索后我明白了，在女儿心里，我也是导致她坏情绪的诱因之一，了解到这一点后，我决定再想其他办法。

俯瞰整个过去，我是冷静的，但是很多时候我还是会泪流满面。只不过，我知道在哭泣的，是过去那个身在深渊的自己。

章凡再婚，女儿受到打击，她的情绪一直都不稳定。她告诉所有人她得了抑郁症，而且总是在学校戴着口罩，有着明显的自卑心理。我密切关注着她的一举一动。快放暑假时的一天，我感觉从学校出来的女儿情绪特别低落，但是我怎么问她也不说，于是我陪她在路上兜了几圈，陪她说了会儿话，晚上八九点的时候，她突然跟我说："妈妈，我和最好的朋友吵架了，她不理我了。"随后便痛哭了起来。我说："能告诉妈妈吗？"她一把抹掉眼泪坚决地说："不能。"我没有生气，跟她说："那这样，妈妈给你联系一名心理医生，你可以跟她倾诉，她能帮你找到解决办法。"

为了说服她，打消她的疑虑，我给她看了心理咨询师的从业守则：保护服务对象的利益，保守秘密，尊重隐私。我告诉女儿："你可以放心把所有的事情告诉她，她不会告诉任何人，包括妈妈。还有，心理医生就和骨科医生还有内科医生是一样的，只是给自己生病的内心做一个医治，所以不需要有压力。"

我说完，女儿犹豫了一下，随后朝我点点头。

我知道，面对女儿已有的压力，任何一种打击都会是她沉重的负担，所以我当天晚上就在一个软件上挑选了合适的心理医生，并在第二天上午十点多，向老师请了假，将女儿从学校接了出来。我带着她来到了一家周围环境相对幽静的咖啡馆，把面临着咖啡馆另一侧的车窗打开一道小缝之后，我告诉女儿等一会儿，然后进到咖啡馆，给她买了一杯她喜欢的冰沙，递给她之后，我走进了咖啡馆，把剩下的时间交给了她和心理医生。

坐在咖啡馆的我，无比忐忑地等待着最后的结果，对我本人而言，我觉得已经没有什么苦难再能够打倒我，但面对孩子遭受的一切，我的内心备受煎熬，痛心且愤怒。这帮刽子手，已经将爪牙伸向了我的女儿。我和女儿本该拥有平静美好的人生，如今，却是满地狼藉。

两个多小时后，女儿推开咖啡馆的门，笑着朝我走了过来。看着她的笑容，我知道目前的难关已经过了，但也只是暂时。

一直以来，除了章凡的所作所为会让我变得暴躁之外，其余时间，我都是一个情绪比较稳定的人。因为我喜欢将所有的阻碍归结为问题，只要是问题，必定有原因，只要找到根源，必能解决。目前女儿面对的问题：一是章凡对女儿造成的打击；二是我需要老师的帮助，让她找回自信。

第二天晚上，放学后的女儿兴奋地上了车，她带着崇拜的语气跟我说："妈妈，这位医生好厉害，我按照她的办法去做，现在已经跟朋友和好了。"看着兴奋的女儿，我决定乘胜追击，和她好好谈谈。

不得不说，上天是厚爱我的。过了几天，我接女儿放学的时候，女儿在后座突然冒出来一句："妈妈，对不起。"我有些惊讶，问她："发生什么事了吗？"女儿说："昨天和哥哥姐姐们吃饭了，他们说你是个特别好的人，只是大伯和爸爸不给讲，他们说之前听爸爸的一面之词，误会你了。"

我听完笑笑：“女儿，我很感谢他们能说出来，但是妈妈有时候对你做得真的不好，特别是你小学的时候妈妈特别忙，对你态度很差，妈妈想起来很内疚。”

后座传来女儿哽咽的声音，我告诉她：“爸爸结婚没有告诉你估计是怕你反对，你还有妈妈，妈妈会一直陪着你。”女儿思考了一下后，点点头，牵住了我的手。但我知道女儿的心理状况还没有完全稳定，她需要更多的帮助。

暑假期间，章东源决定给女儿买手机的消息，是女儿告诉我的，女儿是兴奋的，每个孩子听到这个消息都会兴奋，但我听到后除了震惊就是愤怒。人们都说：“想要害一个孩子，只要给他一部手机就行了。”女儿现在用的手机不算旧，是平时用来做英语口语用的。在孩子准备进入初二的关键性时刻，给她买一部最新款手机，我不知道他们怎么想的。

因为女儿还在心理康复阶段，我只能和她约法三章，选择隐忍，因为我明白，一部手机就能让我和女儿的感情破裂。

章东源为了给自己立人设，会偶尔在女儿生日的时候，当众高调地给她一两万元钱。每当他这么做都会引起众人的高呼，会有人跟女儿说“你大伯对你真好”“你大伯对你真大方”之类的话。

对于一个孩子而言，她没有分辨好人坏人的能力，她也没有成年人那么多复杂的心思和想法，所以，女儿也认为大伯对自己很好。但我心知肚明他在做什么。他只是在用“小善”粉饰他的

“大恶”。

有些事情，我明白，他们也明白。

初二开学的时候，我的材料已经完成了大半，而章凡也把我的手机和微信全部拉进了黑名单。和大多数孩子一样，女儿的手机需要管束，学校需要沟通，但是章凡一概不理，许清传了两次话后，很为难地告诉我：“章凡跟她发火了，让她不许传话。”有一天女儿写作业的时候很不开心地跟我说：“爸爸说，我的生活费都给你拿走了，都给你花了。”我很吃惊女儿跟我说这种话，我问她：“爸爸还跟你说什么了？”女儿说：“爸爸还说，以后要用钱找你，不要找他，钱都在大伯那，他没钱。”

我心里一阵冷笑，看来章东源是利用章凡在打我这一万五生活费的主意，他认为这么久我都不回手，他便可以拔掉心头刺，可以彻底把我和公司做切割，尔后为所欲为。

思虑片刻后，我严肃地说：“女儿，以前怕影响你学习，很多事不能告诉你。章家人抢走了妈妈注册的商标，他们现在赚的钱都是用我的辛苦换来的。这些生活费是爸爸之前跟妈妈约定好的，而且也全部用在你身上，以后你不要被他们影响，做好自己的事，其余的妈妈来处理。”

毕竟女儿还要在那个家生活，所以我没有用“卑劣”“恶毒”“强盗”这样激烈的词语告诉她，只是用了普通的叙述，我只想告诉她真相。

面对这份来自亲情的恶意揣测，我知道女儿承受了太多的痛苦，我开始积极地寻求解决方式。

初二开学的时候，女儿更换了新班主任，他是一位很年轻的男老师。仔细地沟通后，我了解了女儿在学校的情况，并与他达成了共识，希望女儿重新找回自信。我明白，有些问题只有老师能够解决。但开始并不顺利，因为女儿在班级里总是处于被动状态，她很少跟别人交流，她不想给别人添麻烦，就只是活在自己的世界中。还好新班主任给予了她很多关爱，但毕竟是几十人的大班级，老师的精力有限，我并不好过度干预。

没多久在一次班级谈话中，我接触到了班级化学陈老师。这是一位思维敏捷，深谙儿童心理的资深老师，她坦率的性格，坦诚的言语，以及公平公正的处事原则，让我敬佩不已。面对陈老师，我毫不犹豫跟她说出了女儿之前的处境，我请求她能够帮助女儿，我跟陈老师说："我就只有这一个孩子，我不能让她毁了。"陈老师听完后跟我说："我一眼就看出了问题，我让你来，就是为了了解情况，接下来我会处理，但你们家长要配合。"听到陈老师的话，我有种预感，女儿生命中的贵人出现了。

我的预感是对的，陈老师是雷厉风行的。她首先对女儿进行了心理疏导，接着在女儿进步的时候，毫不吝啬地当着班级同学的面表扬了她，然后鼓励她摘下了口罩。陈老师告诉她："中学生没有真正的抑郁，所谓的抑郁背后都是有原因的，去正视原因就能解决问题。"

就这样，短短半个月的时间，女儿发生了翻天覆地的变化。

她的脸上开始变得自信，她说话的语气开始变得柔软，她开始对自己的学习变得有信心，属于她这个年纪的阳光终于出现在她的脸上。那时候，我的内心对陈老师充满了感激，我知道，女儿得救了。

人生，一程又一程，每一程回望，都有着不同的心境。我曾在情绪的深渊中挣扎，痛恨无比，而此时的我，却又无比感恩着上天赐予我的那一次劫难。因为我去过最黑暗的深渊，所以才能在女儿最无助的时候，去理解她，去帮助她。

这世上，最让人欣慰的莫过于，你需要我的时候，我都在，你想要的爱，我都有。

我想给女儿创造更多的机会，去接触生活的美好。纵然面对的是人生重大的转折点，我还是不遗余力地鼓励女儿去放松。因为此时的我早已明白，只有健康的心理环境才能给予她一生的快乐。

我不介意她一生平凡，但我害怕她一生不快乐。我想要她拥有追求幸福，获取幸福的能力。

开始的时候，女儿对我的提议不以为然，大多数时间会说不，而我始终没有放弃对她的游说，终于有一天，当我提议去小时候住的地方走走时，她的眼睛一亮。

灵魂的需要有时候是相通的。

那天下午，我把女儿带到故居，让她自己去转转，只有她自己知道自己需要什么，而我则准备到故居楼下的小公园坐着等她。路过时，我看到了那个绿色的邮箱，情不自禁走了过去。邮箱内依旧堆积着杂乱的报纸和信封，只是不见了当年的手机，还有那一束阳光。我转头看了看背后高耸入云的临峰大厦，内心无限平静。要不是当初的那一束阳光，就不会有如今的结局，它犹如上帝之手，点醒了迷雾中的我，“拨开云雾见青天”皆是机缘巧合。

“蓁蓁？是不是蓁蓁？”

一声呼唤从我背后响起，熟悉而又亲切。我回过头来，是楼下的朱奶奶。我开心地应了一声，上前牵住了她的手。离我搬走已经接近两年，我一直未归，搬走时，朱奶奶充满了不舍，一再叮嘱我要回来看望她。我无数次想起过她，但我没有勇气面对这里。

我记得那时候家里保险丝烧了，她会喊她儿子帮我修。我养不好的花，都是她帮我养。章凡和我吵架时，那些不堪入耳的话语她也都听到了，但从来没有用异样的眼神看我，也从没有揭过我的伤疤。这些是我一直记得朱奶奶的原因。在我风雨飘摇，摸黑生存的日子里，她是那个提灯照亮我的人。

两年多没见，朱奶奶老了很多，她牵着我的手端详着我，嘴里念叨着：“想死我了，我老了，隔壁徐奶奶去年已经走了，我以为以后再也见不到你了呢！”

那天和朱奶奶分别后，我坐在车里泪流不止。长久以来，我以为自己已经足够坚强，但原来不是。有时候受尽磨难后还能够热泪盈眶，也是一种幸运，就如同还能够放肆大笑一样。证明历尽千帆后，我依旧有着一颗柔软的心。

回家途中，女儿一直在兴奋地跟我说她下午遇见的新鲜事，她说："妈妈你知道吗，我就算戴着口罩，家门口小店的人都能认出我来。"

我笑着跟她说："那是因为你小时候在这里是出了名的漂亮小孩，这些年又是在他们眼皮子底下长大的，所以肯定认识你。"

听完女儿扬起了得意的笑脸："我爱吃的南瓜子买到了，炒货店的老板说好久没看到我了，还送了些给我。"说完，她扬了扬手中装瓜子的袋子。

我看着很久没有笑得这么灿烂的女儿，心情无比舒畅。接着她又跟我说起了巷子里的煎饼店。老板跟她说，生意没以前好了。还说起了馄饨店，老板夫妇看见她很开心。听她说馄饨店，我"扑哧"一声乐了出来，我问她："你还记得你上托班的时候，在馄饨店闹的笑话吗？"

女儿一脸疑惑，我便告诉她："你那时候上托班，因为爷爷奶奶告诉你，乱跑的话会碰到拐小孩的'老拐拐'，所以你特别害怕。有一天早晨，我带着你在馄饨店吃早饭，有一位伯伯走了进来。他个子很高，穿着长风衣，戴着小礼帽，打扮得像《赌神》里面的周润发。他刚走进来，就看到你满脸惊恐，大叫一声'妈妈，老拐拐'。"

我说到这的时候，女儿已经笑得前仰后合，我接着说："馄饨店本身就小，你一喊所有人都使劲憋着笑，那位伯伯更是满脸尴尬，我只好一边道歉，一边抱着你逃跑，馄饨都没吃完。”

我看着大笑的女儿，心里满是疼惜和愧疚。我已经很久没有看到她这样笑了，以前她是一个多么爱笑的孩子。这也许就是重走来时路的意义。“我见新月如故，亦见故人如初。”我们在时光的缝隙里，拾捡着快乐，治愈着自己。

车在欢声笑语中行驶，在经过以前经常走的十字路口时，女儿突然问道：“妈妈你还记得这个路口吗？”我看了看路口摇摇头，女儿兴奋地说道：“妈妈，那时候你为了接送我买了一辆小车。第一天拿到的时候，你晚上接我下课，就在这个路口，你一直在笑。然后右前方的也是同样的车，那个车主也在笑，两个人都笑得很开心，我当时还在想，是不是开这种小车的人，都这么开心。”女儿说完我想起来了，当时的我，是那么喜欢那个像玩具一样的小车，所以拿到车后一直在笑。有时候幸福真的很简单，当我回想起这些的时候，还能体会到那种满足和快乐，这就足够了。我看了看旁边放肆大笑的女儿，心想，她应该也一样。

就这样，在陈老师的引导以及在我的协助下，女儿开始变得柔软，我能从她的话语中感觉到喜悦、向往，还有耐心。

女儿在这段时间的改变，有一些令我感到惊讶。比如说喜爱阅读，喜欢探讨心理学和哲学问题，喜欢她这个年纪本该喜欢的一切美好。有时候她会弹一段钢琴分享给我，或者是和我讨论一首歌中的某一段伴奏，和我分享听到伴奏时她的心情。我看到了她身上久违的松弛，要知道从她小学开始，我便用尽各种办法试图让她喜欢上阅读，但是成效都不大。如今面对她突如其来的转变，我才明白，原来只有一个孩子在觉得放松或者内心充满爱和安全感的时候，才会释放自己的天性。

原来，我的女儿是这样的，她跟我真的很像。

做父母的大概都有我这样的体会，孩子好了，什么都好。我开始沉下心继续推进我的计划，并且开始慢慢接受新的朋友。

和朋友们相伴的日子是快乐的，也许是厌倦了尔虞我诈，也厌倦了破碎，我喜欢看到朋友们幸福的样子，或者说，我选择了和这些幸福的人成为朋友。她们家庭幸福美满、夫妻和睦、性格温和，对我也没有分别心。和她们在一起，我可以非常松弛地做自己。她们把属于她们的幸福传递给了我，让我找回了一丝安慰。原来，父母和叔叔婶婶那一辈的爱情在这个世上是有延续的。当朋友们遇到夫妻间的小矛盾时，我会不遗余力地说和，我只想保护好她们这样美好的感情，让她们永远传承下去。她们的幸福对我来说，很重要，因为这是我生命之中曾经丢失的信仰。

在人生的起起落落之中，每一次低谷都是上天给予的不可多得的机会，去将你身边的人重新认知的过程。这个时候，你要任流言肆虐，任猜疑蔓延，而你只是冷静面对，不抱怨，不去消沉。最终，你会得到一个真相，并且可以认清每个人，看清每一件事。

此时的我，对于生命中人们的来来去去，是淡然的。我见证过亲情美好坚定的守候，也遭遇过它无情的伤害。我享受过友情纯洁的美好，亦经历过它无情的背叛。最终才明白，我们短短的人生中，每一天都在逝去，每一天都会遇见不同的人，经历不一样的事，无论好坏，都是人生的一道风景，都是不可复制的感受，值得铭记。

我一片赤诚去迎接着生命中每一个人的到来，亦在有人离去时，坦然与他们道别。纵使被误解，也不再费尽心力去解释、去证明。因为我明白，花有花期，人有时运，不如在该放手的时候放手，各自去反思，各自去经历。有些过客，无论你如何去挽留，他都不会回头，终究会远去。

也是在这段时间，我尽力地弥补着过去冷漠时对别人的伤害，一切对我来说，是弥补，也是感恩，我用我的方式向所有帮助过我的人们表达着谢意。

中途我发了两次信息给西米，问她什么时候回来，她都说三个月左右，我便安心等待，没再问。

在这个阶段，章凡竟然主动找我进行了沟通，我能感觉到他内心的挣扎。章东源控制公司利润后，章凡的日子并不好过。几轮谈判后，章凡答应把房子过户给女儿，股份在女儿十八岁的时候过户。

就在我觉得一切尘埃落定时，有一种遗憾在我内心发酵。因为我曾经所经历的那些屈辱和不公，将伴随谈判的结束在心里封藏，我将永远活在对自己的愧疚之中。

不过，命运是注定的。

很快，到了约定的日子，当我问章凡什么时候去办理过户手续，他突然变得无比暴躁跟我咆哮道："所有的东西先公证到章东源名下，股份的事以后再说。还有，你每个月拿的一万五生活费，拿到今年年底。"正如我所预料的那样，他利用女儿铺垫，试探了半天，终于开口了。我明白是章东源在幕后操控着一切，他想利用我的女儿去控制我的东西。听到这，我原本郁闷的心情，豁然开朗，我说："好。"

是的，越绝情越好。

女儿即将中考，我问她："你想跟你学姐一样补课吗？效果不错，考试的时候提升了一百多分。"女儿考虑了一下说："想。"我说："那你跟爸爸商量一声，大概二十万，让他准备十万。"女儿第二天见到我时，有点闷闷不乐，我问她怎么了，她说："爸爸说每个月都给你钱，钱在你这，他不肯出。"就在我沉思的时候，女儿又一脸失落地说："他们给那个阿姨买了车。奶奶说，章家的媳妇都要开豪车。"

我看着失落的女儿，明白她在强烈的对比下，心中的难受，我笑着说："女儿，补课的钱妈妈出。你是因为他们给阿姨买了车不开心吗？其实妈妈也可以买豪车，没有必要去难过。"

女儿听我说完，思考了一会，没说话。

我接着说："妈妈没有买豪车，是因为我是那种很随性的人。我习惯去草地时，随手就将包扔在地上，弄脏了也不会心疼，车碰碰擦擦也不会介意，这也是我只喜欢开小车的原因。妈妈一直觉得物是服务于人的，当一样东西在使用的时候，需要我去注意或者小心，会觉得不自由。但是如果你喜欢，妈妈可以买，不要因为外在影响内在，他们不想给的，妈妈都能给你。”

女儿想了想，抱着我说：“我知道了妈妈，不需要买，这辆车坐得很舒服。”

从这一天开始，我对章家彻底关闭了心门，开始全心全意地推进材料收集和企划案。我一边压抑着心里的愤怒，一边照顾着女儿。在这个过程中，我第一次感觉到自己的“生命力”，是那种爬出深渊后，隐藏在我灵魂深处，不屈不挠、永不沉沦、始终向上的灵魂。我想这种强大力量源于苦难的磨砺。

就在我忙到焦头烂额的时候，我又察觉到女儿的反常。初二到初三上半年，她一直是乐观而又阳光的，但过完年，年前她还热切向往的东西，也不肯去做，问她也不可能说。

我开始胡思乱想?“是不是被同学欺负了?”

“不是，妈妈你能不能让我安静一下。”

连着好几天，都是这样的对话。甚至开学的时候，她也不愿意去学校，说胸口疼得厉害，我带她看了很多医生，都说没有大问题。我意识到女儿心理又出现了问题，只能默默陪伴着她，等着她愿意开口的那一天，哪怕此时的我心急如焚。

终于有一天，她平静地跟我说：“妈妈，那个阿姨怀孕了，已经四五个月了，他们都瞒着我，我过年回老家才知道，所有人都瞒着我。”她跟我说的时候，表情异常平静，但我能听出她声音里强忍的哽咽，还有眼里的绝望。

看着女儿，我的心痛到麻木，她面临的是我曾经历的一切，是一家人的背叛。我问她：“为什么不早点告诉我？”女儿说：“爸爸不让我说，他之前跟我说他绝对不会生小孩，现在跟我说不生小孩对他不公平。”

听着女儿的话，我忽然对自己产生了疑惑。我为她塑造的那个“好爸爸”形象，是对还是错？如果让她早点知道真相是不是更好，是不是就不会对章凡这么依赖？但若是重走来时路，重新面对选择，我还是会这样去做，因为毫无铺垫的支离破碎，会毁了孩子一生。现在，最起码我能有机会去挽救。

我终究还是没能保护好女儿。

我现在只有一个念头：让真相公之于众。

他们是那么无耻，总能将我努力建立的一切轻易地打碎，只是这一次，我不会再让他们得逞了。

看着女儿，我告诉她：“妈妈对你隐瞒了很多事，开始妈妈是为你好，但是现在想想，这反而害了你，妈妈觉得很愧疚，但你一定要坚强一点，其余的交给妈妈。”女儿听完用力点点头说：“妈妈，给我一点时间，就跟上次一样，我只是感觉很伤心，有些没有力气。”看着面前坚强的女儿，我的心里是欣慰的，因为我相信，波折与苦难已经让她获取了坚强的力量。

我相信，这个世界上大多数人，都是带着破碎在生活，其实破碎并不可怕，可怕的是一直生活在碎片中，任由它一遍遍划伤自己，甚至划伤别人。对于女儿所遭遇的困境，我反而感到庆幸，因为有我在，陪着她一遍遍练习在破碎中重生。我知道，这种“复原力”将是能让她受益一生的技能。

借着女儿生病的借口，我和章凡通了一次电话，没有提到他老婆怀孕的事，只说到了女儿初中后的人生规划。问这个，其实就是想知道他的真实想法。章凡有些得意地说：“一个女孩，以后走体制内，往医疗方向走。”我听完心里明白了，他已经完全被章东源掌控，对女儿的所有承诺都不会兑现了。听到这，我没有说话，冷静地挂断了电话。

之所以打这个电话，是因为我以前觉得所有的恶意都是针对我，我现在只想确定他们对我女儿的恶意有多大。

有些人，是永远不会知足的。

挂完电话后，我思索了片刻，给两个人打去了电话，一个是章子馨，一个是张瑞。他们也是我曾经保护着的孩子。

章子馨的电话接通后，很冷漠。

张瑞接通后没有说话。

“心不死则道不生”，我得到了想要的答案。我终于能够放下最后的羁绊，从此山无拦，海无遮。这场棋局，我可以坚定地落下这最后一子。

当初放弃签订法律条款，是我留给自己的一个缺口。一个容许自己推翻所有去后悔的缺口，也是一个让他们去反思弥补过错的缺口。

此时，我反而开始感谢他们的作恶多端，开始感谢他们的以怨报德。我才有机会不用背负屈辱和不公度过一生，才有机会向那个曾经无怨无悔地将一家人护在身后，努力到无能为力却被背叛的自己一个交代。

我耐心地陪伴着女儿，而女儿也借着心理书籍的疏导，慢慢接受了现实，但我知道想要她的内心回到松弛而幸福的状态，还有很长的路要走。

一天清晨，正在吃早餐的女儿，突然看着我说："妈妈，你为什么就找了我爸这种人？"我笑着说："女儿，妈妈有时候也在想，我为什么就找了这么个人。我还在想，如果回到过去，再遇到你爸，我会怎么选择，我想我还是会重来一次。"

女儿一脸不解："为什么？"

我笑着告诉她："因为那里有你。"

女儿听完愣了一下，说了声："妈妈，我爱你。"

是的，我也爱你。很爱，很爱你。

我会让你明白，真正的爱是什么样子。

第十九章

落子

当我再次站在梅林山脚下，望着黑暗之中的山脉时，我迈着坚定的步伐，走进了上山的盘山道。这一次，我能感受到寒风的冷意，能听到山中交杂着的各种声音，但我没有了恐惧。

当我爬上梅林山平台的时候，一轮残缺的弯月挂在天空，树林在寒风中摇摆，像极了黑夜中大海翻腾的波浪。此时的我仿佛身处在命运的暴风眼，曾经我恐惧而又无助地苦苦挣扎，如今我却准备亲自掀起一阵巨浪，去埋葬那些无耻之徒，拯救曾经深陷深渊的自己。我知道这些材料面世后，我即将面对的是什么。那些曾经我将他们护在身后的人们，因为利益的驱使也会站在我的对立面，与我为敌，去诽谤、去攻击。

如同以往一样，我开始为即将到来的风浪做准备，开始和身边的人说再见，无惧也无畏，因为我知道纵使黑夜降临，那海的上空，也必定有万颗繁星为我照亮。对我来说，早已习惯了一个人面对。一个人去做事情的时候，我可以从各个层面，设置多个指向，指向多个结果，我可以视情况而变，不需要费心跟任何人解释，也不用担心会拖累任何人，对我来说和一个人去解释比自己一个人面对更累。

曾经，我为别人而活，这一次，我只为自己而活。曾经我为别人而战，这一次我只为自己而战。

一家咖啡馆内，西米饶有兴趣地看着我摊在她面前的一堆东西说道："怎么，准备跟我交代家底吗？"

她面前的咖啡桌上，有着几张银行卡，一个本子上记着各种人名、账号和密码，几张待签字的授权书，还有一本计划书。

我点点头，递给她一张纸说："是的，这是我所有账号捆绑的银行卡、债券、股票以及正在经营的门店项目协议和每一个项目的利润分配，还有遗嘱。"

听到"遗嘱"两个字，本来还满脸好奇的西米面色一冷，问道："你想干吗？"

我回答道："有些事该给自己一个交代。"

西米疑惑地说："交代就交代，为什么写遗嘱？"

我笑着说："我可没那么傻，只是不想让自己留后顾之忧，能专心去做事。'福民汤包'这块牌子，应该是我的荣耀，而不是被章东源掠夺后，用来对付我的武器。'福民汤包'所承载的感情，也容不得他的玷污。有德之事，须有德之人去做。"

西米说道："如今'福民汤包'已经是根深叶茂，章东源也会以此为挡箭牌对付你，你想过没有？"

我笑着说："我已经打探到不少消息，章东源做事向来见不得光，得罪了很多人，一堵墙众人去推，很容易就会倒。章家向来把面子看得很重，如今我就是要照着他们最痛的地方打下去。最终目的是揭穿他，而不是破坏'福民汤包'这块牌子。对于'福民汤包'这个字号，我也认真考虑过。对一个老字号品牌来说，只有浸透百年风雨，才能算得上传奇，如今，就让我亲手为它撰写这个传奇。"

西米听完两眼开始放光："这才像你，这么多年你没提，我以为你真的把这口气给咽了。你和林馨儿说了吗？她一直挺记挂你的，每次看见我就念叨半天。"

说到林馨儿，我从桌子上的一个信封里抽出一封信递给西米："等这件事结束，我会去法兰克福看她。这件事我没有说，这么复杂的事也不是简单几句能说清楚的。现在还不是告诉她的时候，等这件事尘埃落定你再把这封信给她，毕竟她现在有三个孩子，说了她肯定担心，而我也会有心理负担。这件事除了你知道，我的父母、叔叔他们都不知道，我是希望在没有任何后顾之忧的情况下去做这件事。因为任何人的担忧和羁绊，都会让我有所顾忌，而我也没有多余的精力去解释。"

西米扬了扬手中的信说："你要知道这么做林馨儿知道后会很生气。"

我点点头："想过，我俩从小到大，她没少为我操心，只是这次我做好了长期战斗的准备，以我对他们的了解，事情不会很快有结果。现在告诉她，她会担心很长时间，但事后知道，就算生气，也只是很短的时间。”

西米若有所思地点点头：“这么多年，你是一点都没变，什么事都喜欢自己扛，我理解你。女儿那，你准备怎么办？”

我看着西米说：“我想得很清楚，我宁可什么都没有，也不愿意带着这份屈辱和女儿这样活着。就算章家现在把承诺兑现，我也不想原谅他们，因为他们对我和女儿的恶意伤害并不会因此而消失。再者，如果女儿任由他们控制，继续在这场人性的恶意中生存，对她来说才是煎熬。我走过的路，我所经历的，不想让她再经历一次。她是我生命的延续，我希望她能在知道真相后，从我给她的信中读懂我爱她的方式，去治愈自己。自始至终，我想让她继承的，是我的思想，是爱和善良。”

西米听完重重地点了点头，她指着最后一个“凤晗汤包”的企划案问我：“这个企划案跟这件事有关？”

我点点头：“这是我留的后手，我注册了‘凤晗茶楼’这个品牌，并做了详细的企划。我很早就已经从一位老汤包师傅手里拿到了‘福民汤包’的配方，也有运营的经验，当然，这并不是我必须走的一步棋，只是为了后期建设一种可能。”

西米听完定定地看着我说：“以前徐娇娇总在我面前说你骨子里有股劲儿。我以前不赞同，觉得你天天要么扎在书堆里，要么野在菜地里，怎么也没看出那股劲在哪。今天我算是看到了，服气。不过，你最终想要的是什么？”

我摇摇头看着西米："我没有目的，但没有目的就是最大的目的，就像不留后路就是最宽的路一样。我想给自己一个交代，也想给所有努力而又善良的人一个交代。"

西米认真地看了看我，沉默了一会，然后笑着点点头。她眨巴着眼睛看了我一会说："你天天忙着轰轰烈烈，个人感情真的不考虑了？"

预料到她会问起这个，我说："我曾经冷静思考过这个问题，最终我觉得，人这一生并不长，婚姻我经历过了，孩子我也有了，我不想再经历一次。人生并不是必须有一个伴侣才会完整，才会快乐。我现在不管是从金钱还是情感上来说，都不需要依附任何人，我很快乐，也很自由。我只想好好陪着女儿，在她不需要我操心后，就跟你去好好看看这个世界。我结婚后大部分时间都是一个人度过，离婚后接近七年的时间也是一个人生活，我早就习惯。一个人的时候，从不会感觉孤独，也不会迷惘，很自由，也很快乐。"

我说得云淡风轻，西米听完笑着说："看到这样的你，我就放心了，你总算是想通了。"

送走西米后，我在一个阳光灿烂的早晨，寄出去了第一批信件。里面是我用文字记载拿到商标的过程和佐证，记载了一切曾经的过往。文字这个载体是最干净，也是最公平的，它就像一个净化器。我将用文字，一一唤醒那些被章东源的谎言和利益所欺瞒的人们。

回望过去，爱、阅读和信仰如同我生命之河上空三颗明亮的星子，赋予着我生命的能量。爱带给我坚定的信念，和无穷的力量。阅读让我拥有独立的思想和正确的三观。而信仰，它就像一个凌驾于我生命之上的高高的审判台，始终让我心怀敬畏。不管我走到哪里，走多远，它们始终在那里，提醒着我善待他人，善待生命，善待世界。也正因如此，我始终坚定内心秩序，没有在这场厮杀中屈服于丑恶的人性，也没有被扭曲成他们想要的模样。

在准备的过程中，我曾无数次地思考过，人生是否有输赢？曾经的我赢得了所有的对手，我以为我赢了，最后却输在了亲情的利刃之中，输给了他们的欲望和邪恶，但在我历劫重生，选择与之抗争时，我赢得了自己。

人生其实没有输赢，只有精不精彩，值不值得。

我很庆幸过往造就了现在的我。要不是体验过崖之底的冰冷，又怎可见识到山之巅的辽阔。我曾以一己之力抵挡邪恶，在壮烈之后满足用尽全力时的坦然。

黑暗在我脚下，而我怀抱阳光。

既然我的人生已经如此精彩，我不介意让它更精彩一些。

曾经，我以为信仰之上，应是圣人，如今，我却坐在这张审判桌上。我将以神为名，以笔为刃，将这份包裹着巨大的恶意与谎言划开，将它们一丝丝、一缕缕地解剖殆尽，摊开在世人面前，交由天下人去审判。天有天道，商有商道，人有人道！“大丈夫立于天地之间，当养浩然之正气，行光明磊落之事。克己、慎独、守心、明性，以克人之心克己，以容己之心容人。”天地之间，有它应有的秩序，逆天行者，必遭天谴。

这次我依旧是一个人，却又不只是一个人，因为我的身后站着主持天地公道的诸神，站着告诉我勤劳和智慧能创造一切的古镇老人，站着所有默默关爱着我的亲友。

在这世上，爱永远不应该被辜负，善良永远不能够被践踏。

如我所预料的那般，邮件发出后，我的手机一片哗然，那些已经岑寂了数年的电话和微信，在我手机上跳动着，他们有道歉的，有劝我放下的，还有打探接下来我准备怎么做的，还有人说我变了。

我不禁扪心自问，我变了吗？曾经，我以为改变是人生无常，是福祸突至，是成败起落，是眼中能看到的时事变迁。最终才发现，人生真正的改变是以生命为长度的缓慢成长。四季变换，日月交替之中，不知何时已海阔山移。在花开花落，岁月更迭之中，我们都以为自己不曾改变，但生命的成长，已经潜移默化改变了我们的模样。曾经的我在风浪中挣扎的时候，是那么恐惧，如今，我却是带着闲庭信步的心情，内心毫无波澜地坦然去面对这一切。我的改变，不过是生命赋予我的必经之路。这条路让我不再盲目地善良，人生于我而言不过是“上马杀敌，下马念经”，爱憎分明而已。

现在，能让我内心翻腾的不再是恨，而是爱。莎士比亚在

《暴风雨》中提及“凡是过往，皆为序章”，曾经我以为很多人、很多事都已经是结局，此时才发现我以为的结局不过是序章，是命运埋下的一个又一个伏笔。

我感恩着这一切的发生。那些因为误会而失去的人们，又回到了我身边，让我能有机会和他们说抱歉。让我能有机会揭开真相，告诉那些被邪恶支配的乌合之众，他们有多愚蠢。

一个宁静的夜晚，我冷冷地看着手机上那一家人的名字，一遍遍在屏幕闪现，我按下了静音键。

他们靠着对一个女人残忍的掠夺贴在脸上这么多年的金面，估计早已经和骨血长到了一起，被活生生撕下来的那一刻会很痛吧？撕下面具之后，人们会发现那一个个高高在上、功劳显赫的人，不过是个靠谎言和掠夺存活的强盗。那光鲜耀眼的金面之后，不过是一个个被欲望支配的邪恶的灵魂。

秘密被公开的那一刻，千万束阳光照耀在了这段尘封在我内心九年的秘密之上，万千的尘埃飞扬着在光束中流动，那些被辜负的善良和爱交织着在阳光下飞舞。

真相会被谎言掩盖，但绝不会被替代。

我不再害怕别人折断我的翅膀，因为我已经拥有无数双翅膀。